幸福的預感

PREMONITION OF LOVE

曾失去過，也曾受傷。
而我相信，所經歷過的一切，都是為了當你來到我面前時，
我能看清幸福真正的模樣。

Micat著

有時候，人與人之間的相處，就是因為磁場相近，才能成為朋友，這種狀況不必多解釋，自然而然地就會跟某些人特別親近，最後成為無話不談的死黨。

但偶爾也有例外。有時候可能一開始對某個人沒有好感，甚至彼此互看不順眼，可是很奇怪，也許是俗話所說的「不打不相識」，明明起初不太喜歡對方，卻因為一個契機，而改變了彼此的想法，從此成為非常要好的朋友。

我和高中同學湘湘是屬於前者，完全是一見如故的感覺，相處過後愈來愈熟，發展出如親姊妹般的感情。而我和大學同學蕙儀則屬於後者。記得新生報到的那天，在禮堂的時候，她硬要我把走道旁的位置給她。當時我雖然沒有太明顯地表現出不開心的樣子，但是心裡其實悄悄地給了這個同班同學「跋扈」以及「公主病」的評價，並且暗暗提醒自己，未來的大學四年，能盡量避開她就避開，以策安全。然而，也許這就是所謂的「莫非定律」，沒想到公布大一新生宿舍時，她偏偏就分配在跟我同一寢室，要不碰到她都難。也因為這樣，我發現了她的另一面，也才了解原來她跋扈的外在行為，雖然有一部分是來自她的公主病無誤，但絕大部分是為了掩飾她的脆弱。

這兩位好友，不管是和我個性相似的湘湘，或是個性與我南轅北轍的蕙儀，在我們彼此感情都很好的時候，我覺得她們兩個簡直是除了家人之外，在這個世界上最了解我的好友兼死黨，總覺得和她們之間的友情可以維持到天長地久、地老天荒這樣。

只是，這種天長地久、天荒地老的友情認知至今已經崩毀了一半，湘湘和我現在是老死不相往來，而原以為頻率跟我完全對不上的蕙儀卻成為了我的好朋友。

「所以，今天通識的作業到底要交幾百字？」蕙儀從她昂貴的真皮手提袋裡，拿出她的粉紅色記事本。

「一千字左右就好。」坐在書桌前，我瞄了一眼手上的筆記。

「喔。」

「記得，下下次上課要交，教授說分組報告要用。」

「喔……」蕙儀喃喃自語地，一邊把相關的訊息寫在她的記事本裡，突然「啊」了一聲。

「怎麼啦？」

「那天正好是利誠的生日耶。」

我看了睫毛刷得好長的蕙儀一眼，「所以呢？」

「沒有所以啊！」蕙儀聳聳肩，但根據我對她的了解，我大概猜出了她水汪汪的大眼睛裡的意思。

「那堂課不能蹺課，教授說得很清楚。」

「路子耘同學，男朋友的生日耶……」

「董蕙儀大小姐，真的，會被當好嗎？」我抿抿嘴，看著仍然一臉執迷不悟的蕙儀。

「拜託啦……」蕙儀雙手合十，又露出那種可憐樣，「那天中午我答應他們社團的社員要擔任神秘嘉賓，就在學校對面的簡餐店而已，妳就幫幫我啦。」

我嘆了一口氣，「要怎麼幫？」

「上課時，妳先幫我把作業交上去，我答應聚會完盡快趕去上課。」

「教授點名呢？」

「妳打的電話或是傳訊息給我，我一定立刻衝去。」

又嘆了一口氣，我看著滿臉無辜的蕙儀，「好啦！那妳要記得隨時注意手機。」

「一定。」蕙儀總算露出甜美的笑容，挨近我身旁用嬌滴滴的聲音說，「我就知道子耘是我最要好的朋友。」

「是呀！親愛的蕙儀也是我最要好的朋友，」我揚起眉，不只刻意哼了一聲，還把她抓著我的手撥開，「但是我怎麼總覺得我這最要好的朋友，好像總是要我幫她cover這些……不法勾當呢？」

「什麼不法勾當啊！說得真誇張。」蕙儀嘻嘻笑著，「不過……」

「不過什麼？」

「我是真的把妳當成我的好朋友，妳也知道，我要好的朋友不多。」

「我知道，就像我也覺得妳是我最好的朋友啊。」我笑了笑，蕙儀的眼神裡似乎閃過一絲落寞。

身為一家頗具規模的連鎖餐飲企業千金，據蕙儀所說，她的朋友其實很多，只不過絕大部分都是因為家裡背景相似而聚在一起的……勉強稱為「富二代」之類的朋友。從國小、國中到高中讀的都是貴族學校，生活圈與交友圈不大，真正交心的朋友沒有幾個。

這些事是開學才幾個禮拜，在我要自己盡量避開蕙儀的時候，有一天，我在宿舍寢室睡覺，被大聲講電話顯然以為宿舍沒有人在的蕙儀吵醒。聽見蕙儀哭得傷心，我才從被窩裡鑽出來，拿了面紙問她到底怎麼了。

原來當時蕙儀的爸媽，希望她休學直接到國外念書就好，直到蕙儀答應一畢業就會開始學習管理公司，爸媽才同意讓她繼續完成目前大學的學業，在那個時候我才突然了解蕙儀的公主病其實其來有自，說起來並不是真的討人厭、處處要別人服侍的驕縱，而是從小生活環境所培養出來的特質，一種與生俱來的貴族氣質。

把話說得白一點，這樣的貴族氣質，是我這種小草模仿不來的。

也在那個時候，看著淚眼婆娑的蕙儀，我聽她說了很多很多的心事，才突然覺得這個一開始讓我敬而遠之的室友，其實並沒有這麼令人討厭，同時也才明白她某些跋扈又直接的行為，只是為了掩飾內心的脆弱罷了。

「所以……」

「嗯？」

「妳那個叫湘湘的『昔日好友』，還有再打電話給妳嗎？」蕙儀把「昔日好友」四個字講得咬牙切齒。

我搖搖頭，「沒有。」

「嗯……」蕙儀挑了挑眉，「下次她再打來的話，妳就接嘛，問她還有什麼臉打電話給妳。」

我白了蕙儀一眼，「事情都過了，我不想再和這些事情……還有他們有什麼瓜葛。」

「唉唷，罵一罵心情比較好嘛。」

「不用了，」我苦苦地笑了一下，「該罵的，該說的，當時都說完了。」

＊

因為睡前和蕙儀聊到了「昔日好友」湘湘的關係，害得我又想起那段討人厭的往事，直到窗簾微微透著亮亮的太陽光，才迷迷糊糊地睡去。

討厭的是，迷迷糊糊睡著，又做了一場亂七八糟的夢。夢裡被男朋友甩掉的我明明哭得稀里嘩啦的，但一會兒又把可怕的情敵一腳踢開，和男朋友牽著手開開心心地漫步在高中的校園裡。

這亂七八糟的夢雖然是夢，其實有一半真有一半假。一半真的部分是我確實在高中時候前男友甩了，也確實哭得很慘，感覺在腦海裡的記憶再次被翻開檢視，一切在夢境中重演。而另一半，夢中自己非常威猛地把可怕的情敵一腳踢開，情敵還我被打得落花流水，這在真實世界中並未發生。

可悲的是，現實生活中，是我被情敵打得落花流水，而且那個情敵還是曾經被我認為「磁場相近」、「無話不談」、「除了家人以外最了解我的人」的好朋友。

沒錯，就是湘湘。

湘湘和我個性很像，高中時班上的同學都說我們平時很隨和，但是遇到堅持的事情卻有驚人的爆發力，像是班上同學有一次硬要逼一個害羞的同學代表班上參加演講比賽，我和湘湘第一個就跳出來主持公道，雖然最後去參加比賽的人莫名其妙地變成了我，還莫名其妙地拿了個第二名的獎狀回來，為班上爭光。

其實，湘湘和我在群體裡都不算是活躍的那種人，在不熟悉的環境裡通常比較安靜，雖然在自己熟悉的朋友面前，當然不是這樣。

我和湘湘的友情，在高三下學期時畫上了句點，所以我不知道她後來有沒有轉變，但關於我路子耘倒是與從前有了一些些不一樣，哥哥常笑說這應該是失戀後的創傷症候群，不然我一向不喜歡參加社團以及其他團體活動，怎麼會在上了大學之後和同學組了系籃加油隊。

確實，上了大學之後，我倒是變得比較開朗一點，可能是因為大學生活多采多姿的緣故，但至於系籃加油隊的組成，完全是由於蕙儀挺系上男友，身為室友的瑜筑、巧詩和我才不得不義氣相挺，最後成為系上籃球加油隊的創隊成員。

還有另一個轉變，是我對愛情的態度。自己暗戀了整整一年，最後鼓起勇氣才告白成功、順利交往的男朋友，在交往半年後說他愛的其實是別人，而且他口中的「別人」竟然是我最要好的朋友……這件事情對我來說是滿大的打擊。雖然並沒有改變我對友情的看法，但是在愛情方面，我明白了強摘的果實不甜，從此以後，我路子耘絕對不再向男生告白，就算遇見好喜歡好喜歡的男生也一樣。

我嘆了一口氣，決定停下腳步休息一下。我走到體育館旁的涼椅上，將沉甸甸的原文書放在一旁，一邊放空一邊想著昨天的夢……以及好久都沒有想起的往事。

湘湘解釋時的表情，以及前男友冷酷無情的樣子，再次讓我想起當時難過得哭了好幾天的感覺。記得前男友提出分手的那一刻，我還愚蠢地要他別開玩笑，當他說出湘湘才是他的真愛時，我還從口袋裡拿出手機，看了手機螢幕上顯示的日期到底是不是四月一日愚人節。確定了根本不是愚人節，我又勉強擠出笑容，問他為什麼要開這種其實一點也不好笑的玩笑。

我忍不住吐了一大口氣。

不知道他們是不是還在一起？他對她是不是一樣溫柔？他是不是依然認定湘湘是他心目中的真愛呢？

我望著前方，腦海中想著這討人厭的往事，回過神來，才發現自己好像陷入了幾秒的空白，只有一陣劇痛喚醒了我。

「對不起。」

「沒……沒關係。」我皺著鼻子，淚水模糊了視線。我眨了眨眼，才看清楚眼前突然站了好幾個男孩，這幾個男孩正微傾著身子，看著坐在涼椅上的我。而我這時才弄清楚原來自己被籃球打到，還因為球速太快，使我碰撞了一下涼椅旁的大樹。

「沒事吧？」

「喔，沒事。」我擦擦眼角不小心掉下的眼淚，發現站在我眼前的正好是蕙儀的直屬學長，難怪剛剛覺得有點熟悉，現在神智清楚一點，才看清楚。

但是奇怪……怎麼突然覺得額頭熱熱的……

「等一下！」

「啊？」我納悶地抬頭看著站在我眼前的男孩，他抓著我的手，這舉動使我有些疑惑。

「學妹，妳額頭流血了。」他擔心地皺著眉，小心檢視我額頭上的傷口，「別用手擦，小心感染。」

「難怪覺得痛痛的。」我小心地從包包裡拿出面紙想擦拭傷口，卻被學長拿走了我手中的面紙。

「我幫妳擦吧。」

「不用……」他好像把我的話當成空氣，完全沒理會我，輕輕地用面紙擦拭我額頭上的傷口。

然後他看了身邊的兩位男生說：「你們回去吧！我留在這裡好了。」

「可以嗎？」

「練習總要繼續吧？」

「也好，我會再跟教練說一聲，」一個皮膚黝黑的男生點了點頭，對我露出抱歉的微笑，「學妹，真的很不好意思，對不起。」

「沒關係。」我揮了揮手，看著眼前的男孩，「學長你也去吧！我沒事。」

「還是去保健室或是外面診所擦個藥吧。」他停下動作，仔細看了看我的額頭。

「應該不用。」我搶過他手上的面紙，再從包包裡拿出隨身小鏡子檢視自己額頭上的傷，「應該擦個藥就好了。」

「學妹。」

「嗯？」我闔上鏡子收了起來，疑惑地看著他。

「妳想破相嗎？」他揚起眉。

「破相？」看見他臉上煞有其事的表情，我原本覺得應該不要緊的，這時又緊張地再次拿出小鏡子，端詳了一下，「這只是小傷口而已，我覺得……」

「可是……」他睜大了眼睛，「憑我打架無數、受傷無數的經驗來看，這很有可能會破相喔。」

「真的假的？」我皺緊了眉，不太相信地看了他一眼。

「當然是真的。」

我盯著鏡子，注意到傷口大概因為接觸到樹幹表面粗糙的地方，有些細細小小的擦傷，此刻正隱隱約約發疼著。這樣的傷口會不會像他所說的「破相」，我倒是有點半信半疑，「看起來應該還好……我看我還是……」

「走吧！」他一手拿起我放在涼椅上的原文書，一手拉著我，不管我說什麼，就把我拉著往校門口走去。

「沒事就好。」

我摸摸貼了紗布的傷口，想起剛剛我問起是不是會破相時，醫生哈哈地笑了的樣子，「醫生都笑場了。」

「滿可愛的醫生。」

「都是你誤導我。」

「不這樣說，妳會願意來診所來擦藥嗎？」一起走回學校的路上，學長說。

「但明明自己擦擦藥就好的。」

「要是傷口感染或發炎就麻煩了……」

「想太多了。」我抿抿嘴，看著身高比我高出很多的學長。雖然覺得他說得沒錯，要是沒有他的堅持，我想我應該就是回去自己擦擦藥，搞不好我還真的會笨手笨腳弄到傷口發炎也說不定，「不過，還是謝謝你陪我來看醫生。」

「哈，學妹，是我們該跟妳說聲抱歉。」學長聳聳肩，苦笑了一下，「妳不知道，剛剛我已經收到好幾通訊息，都是問妳有沒有怎樣。看來他們的擔心不比我少喔。」

「真的？」我睜大眼睛。

「是啊！」

「那快點告訴他們我沒事。」

「已經說囉！而且消息傳得很快，在護士幫妳包紮的時候，連我那可愛的學妹蕙儀都已經直接打電話向我興師問罪囉。」

「蕙儀興師問罪？」

「嗯，說我們欺負她的好姊妹。」

「真的喔？」我噗哧地笑了出來，雖然拋出問句，但這確實是蕙儀的作風沒錯。

「是啊，害我們都超緊張的。」

學長笑起來很好看，沒想到他說到「緊張」兩個字的時候，臉上的表情還滿戲劇化的，我也不自覺笑了，「原來蕙儀會造成你們這麼大的壓力。」

「當然囉！她可是完全不把我當成學長尊重。」

「哪有這麼誇張。」

「就是這麼誇張，雖然算是從小一起長大的青梅竹馬，在學校至少也該給我點面子吧？在輩分上，我可是她學長耶。」

看著學長臉上誇張的表情，又讓我忍不住笑出來，「蕙儀就是這樣嘛……」

「是啊，那大小姐脾氣，可真是不敢恭維喔。」

「喔！」我伸出手指，帶著威脅的語氣，「小心我錄音存證喔！」

「我完全不怕，她也是到處跟別人說我是跩公子哥兒脾氣。」

我搖搖頭，「你們真是……」

話說到一半，我的手機鈴聲突然響了起來，我拿起手機，看見來電者是蕙儀，然後尷尬地對學長笑了一下，「蕙儀感應到我們在討論她了……」

「快接吧。」

我按下接聽鍵。「蕙儀。」

「子耘，妳沒事吧？」電話那頭的蕙儀緊張地問我，語氣飆得高高的。

「沒事，剛從診所出來。」我笑了一下，「只是小擦傷而已，放心啦。」

「那就好，那幫我把手機交給王宇浩。」

「嗯？」

「我想跟他說話。」

「喔……」我將手機遞給宇浩學長。

他和蕙儀快速的講完電話，還沒等我開口，宇浩學長直接開口，「妳知道妳的室友兼好朋友兼好死黨說了什麼嗎？」

「什麼？」

「她說還好沒破相，破相要我對妳負責。」

「蕙儀就愛亂開玩笑。」我哈哈地笑了。

「但妳知道嗎？據她的說法，即使沒破相也要賠罪。」

「怎麼賠罪？」我倒是有點好奇。

「她說要請妳們吃一頓大餐，吃完大餐再看一場電影。」

「別理蕙儀。」我揮揮手，想起之前蕙儀一直有意無意地問我對學長有沒有好感，我想這一定又是她的用心良苦。

「這是妳的車？」

「是啊。」我指著上了鎖的腳踏車，「學長，謝謝你陪我去看醫生，我先回去了。」

「我陪妳吧。」

「不用啦，我自己回去就好了……而且你的東西不是還在體育館嗎？」

「學妹，別跟我客氣，蕙儀的好朋友就是我的好朋友，雖然有時候真的差點失控，差點因為蕙儀的毒舌失手打她。」

看學長無奈得又誇張的模樣，我覺得好笑，嘴角一直忍不住地微微揚起。我曾看過某次蕙儀對宇浩學長一來一往、誰也不肯讓誰的樣子，真的會讓旁人捏一把冷汗。不過多數時候，不知道是不是宇浩學長刻意讓著蕙儀，常常處於挨打的狀態。

也許看我笑得開心，他突然收起笑容看著我，不知道在想些什麼，於是我納悶地問他，「怎麼了？」

「沒什麼，平常看妳和蕙儀在一起，來找我的時候也沒說過幾句話。沒想到今天因為這個意外，聊了這麼多，今天妳說的話比之前多上好幾倍……」

「一百倍。」我笑了。

「是啊。」他也跟著笑了，「不過說真的，我發覺蕙儀交了妳這個溫和的朋友之後，改變滿多的。」

「喔？」

「雖然那種公主病的脾氣還是沒有根除……」

「哈，我才不是什麼溫和的朋友。」

宇浩學長思考了一下，「不是嗎？」

我搖搖頭，然後笑了，「偶爾不是。」

看我從包包拿出大鎖鑰匙，宇浩學長立刻貼心地接過鑰匙，並且幫我打開大鎖，牽出我的淡黃色腳踏車，「走。」

「學長，真的不用陪我，我住很近耶！」

「我知道，跟蕙儀住同一棟啊。」

「所以，我自己……」

「所以，要我載妳？還是邊走邊聊？」宇浩學長看著我，眼裡有著堅持。

＊

「這樣陪我，很浪費時間耶。」我牽著腳踏車，對走在我身旁的宇浩學長說。

「不會啦。」他笑笑，「害妳受傷很過意不去，等會一起回學校騎車。」

「但你陪我去看醫生，已經仁至義盡了，我想蕙儀也不會多說什麼。」

「也不全然是為了蕙儀，我只是想這麼做而已。」

看向宇浩學長的側臉，他臉上的表情很認真，原以為可以在走出校門前說服他，但此刻我還是決定放棄，趕緊換個話題，「嗯……學長是騎機車？」

「嗯，怎麼這樣問？」

我笑了笑，「因為我以為你跟從前的蕙儀一樣，都會有專屬司機接送。」

「哈，大一時確實也有專屬司機。」

「真的？」我睜大了眼睛，心想學長跟蕙儀還真的是同一個世界的人。

「真的。」學長聳聳肩，「要不是我極力抗議，我可能到現在也還有專屬司機，這時候我們應該就在我家的轎車上。」

「也對……」我點點頭。

「不過我覺得本來就應該跟其他同學一樣，別人可以走路或是騎車上課，為什麼我就不行。」

看著宇浩學長，我點點頭，「原來學長不是虛榮浮華的公子哥兒。」

「哈，當然不是。」學長笑著，眼睛瞇瞇的，「所以，言下之意是指蕙儀虛榮浮華囉？」

我急著揮手，「當然不是。」

「開玩笑的，幹嘛這麼緊張？」

「哈，因為我不想得罪小公主。」我笑著，也開起玩笑來，看著眼前的學長竟然難得沒有那種公子哥兒的驕傲個性，相處起來為人又是這麼真誠，我想我終於明白學長之所以受歡迎的原因之一。

「妳們大一上學期不是還住學校宿舍嗎？」

「是啊，」我點點頭，「但蕙儀問我要不要一起到外面住，我想想也滿不錯的，這學期就搬出來啦！」

「在外面自由多了，但安全上要更加注意就是了。」

「對啊！」抿抿嘴，看到宇浩學長認真的表情，突然忍不住笑出來。

「怎麼了？什麼這麼好笑？」

我收起笑容，「沒什麼，只想說你也太像我哥了。」

「哈哈，是這樣嗎？」

「對啊，從小到大總是喜歡欺負我，結果上了大學，因為我第一次離開家鄉，卻比我爸媽還更擔心我，三天兩頭問我什麼時候回去，或者對我嘮叨什麼住外面自己要注意安全之類的。」

「感覺起來，你們感情真的不錯。」

「是啊！但在上大學之前，我們有交集的時候大部分是打打鬧鬧的。」

「哈哈，我偶爾也是這樣對待我妹的！」

我點點頭，瞥見掛在腳踏車上的小掛飾有些滑落，我把掛飾的吊繩拉緊一些。看見我的舉動，宇浩學長又開口說了話，「滿可愛的耶！」

「對啊！之前高中畢業旅行時買的，聽說有幸運符的效果，當時一群同學……」我看著學長邊講，突然感覺腳踏車的前輪好像卡住了什麼，往前方一看，才驚覺前輪正壓著一個男生的腳。我趕緊往後退，「對不起……」

這個人臉上看不出什麼情緒，一手放在我腳踏車的籃子上，冷冷地瞥了我一眼後便看著宇浩學長。我突然驚覺應該把腳踏車往後退，他才收回放在腳踏車籃上的手。

「所以是交新女朋友了？」眼前這個男生的聲音很低沉，臉上的表情冷冷的，感覺不太友善。

「不，我才……」對於這男孩劈頭丟出來的問題，我尷尬地急忙回答。

「這也不需要告訴你吧。」宇浩學長打斷了我的話。

「也對，反正要跟誰交往不跟誰交往，想繼續或是分手，本來就是由你決定的。」

那個男孩冷冷地說，聳了聳肩。

「于凱森，有必要這樣說話嗎？」

「不然我應該怎麼說話？」

「如果你一直不讓別人把誤會說開，也只會讓自己繼續活在誤會裡而已。」

「如果你把自己的自私當成一個誤會，這才是最讓人難以原諒的。」

「于凱森，你真的是難以溝通。」

「哼，與你這種人，根本不必溝通。」

這兩個人，就像是無視於我的存在般一來一往，喔！不，應該說，似乎是有我在場，所以他們才稍微收斂了一些，因看他們臉上的緊繃線條，我想大打出手也不是不可能的事情。

現在的我，是不是應該說些什麼或是做些什麼來阻止這一切呢？當我還在思考應該說什麼時，他們又開始了奇怪的話題。

「我說過了，這是誤會。」

「所以是怎樣的誤會？」

「就是誤會，在沒有得到當事人的同意之前，我不能說太多。」宇浩學長堅持，口風緊得很。

「嗯，所以就隨便你。」眼前這個叫于凱森的男生，眼裡的怒意完全沒有減少，接著瞥了我一眼，「所以你們交往多久了？我說……妳應該是學妹吧？妳確定要跟這樣的人交往嗎？妳……」

我看著這個莫名其妙的男生，深深地吸了一口氣，打斷了他的話，很故意地學他說話，「我說……你應該是學長吧？」

「有事嗎？王宇浩的小女朋友。」他又看了我一眼，這次的眼神有點不以為然的樣子。

「我才想問你是不是有事，擋住我們去路的人是你，在這有的沒的亂說的人也是你，請問你到底有什麼事？」一口氣把話說完，大概是因為稍稍有點緊張，我發現自己的心臟跳得很快。

他看著我，原本有點緊繃的臉部線條好像柔和了些，雖然沒有變得多和善，但不知道為什麼臉上換成了一種似笑非笑的表情，「看來，妳倒是滿維護妳男朋友的。」

「我要維護誰跟你一點關係也沒有，而且，我和他真的不是男女朋友。」

「喔？」這男孩冷笑了一下，然後將目光從我臉上移到宇浩學長臉上，「你的小女朋友，喔……你的小學妹滿有個性的。」

「別這麼無聊幼稚行嗎？」

「可以。」這個叫于凱森的男孩聳聳肩，放開了他原本抓著腳踏車籃子的手。

「學長，走吧。」我看了宇浩學長一眼，把腳踏車轉個方向，繼續往前走。

「小學妹！」

我停下腳步，但沒有回頭，「幹嘛？」

「後會有期。」

我一樣沒有回頭，只是呼了一口氣，牽著腳踏車往前走。

忍不住在心裡暗叫著，跟你這種人有什麼好「後會有期」的。

＊

「宇浩學長，謝謝你送我回來。」

「不客氣，應該的。」站在住處的大門前，學長帶著他一貫的微笑，指著車籃子裡的麵包，「只是……晚餐只吃吐司，夠嗎？」

「夠。」我笑了笑，「謝謝你。」

「嗯，今天真不好意思，我也代替其他人再次向妳說聲抱歉。」

「好了，別再說了！真的沒關係。」我假裝露出無奈的表情，「我會告訴蕙儀，你不但陪我去包紮了傷口，還陪我一路走回來，回住處的路上呢，還去買了我的晚餐，我會據實以告的。」

宇浩學長哈哈地笑了，「那我應該再說聲謝謝。」

「知道就好。」我也笑了，把腳踏車停在車棚裡，上了鎖之後提了車籃子裡的麵包，「學長，那我先上樓囉。」

「那妳進門後我再離開。」

「好，拜拜。」我將磁卡在大門旁的感應器前晃了晃，大門在發出聲響之後開了鎖。我推開大門正要走進去的同時，宇浩學長叫住了我。

「學妹……」

「啊？」我轉頭，納悶地看著學長。

「剛剛的事情，也很抱歉。」

「剛剛？學長，我說真的沒關係，別再提了，而且真的已經不怎麼痛了。」我用食指指著額頭上的傷口，有點納悶學長口中的「也」是什麼意思。

「我說的，是剛剛被找麻煩的事。」

我終於明白宇浩學長所指，苦笑了一下，「這又不是學長的錯，誰知道那個討人厭的傢伙會無緣無故冒出來。」

宇浩學長抿抿嘴，然後點了點頭，「不好意思。」

「不會的，奇怪的人是他，又不是學長，沒理由你要道歉。」我苦笑了一下。

「因為我們之間有些誤會，很抱歉……讓妳碰到這個尷尬的事。」

為了讓宇浩學長放心，我比了個「ＯＫ」的手勢，但事實上，我真的覺得根本沒有什麼，「我沒放在心上。」

「是喔……」

宇浩學長苦笑了一下，「他叫于凱森，以前是我的好朋友。」

「妳難道一點都不好奇他到底為什麼這樣嗎？」

「是有點莫名其妙。」我苦笑了一下，「不過其實與我無關不是嗎？」

也許沒料到我的回答會是這樣，宇浩學長眼裡閃過一絲驚訝，好像想開口說什麼，卻又只是用淡淡的笑容帶過。

「那我上樓囉？」

痛的。

「嗯，拜拜。」

「拜拜。」我揮揮手，關上大門，慢慢地走上樓梯，在這時候才感覺額頭上的傷滿

＊

「妳怎麼沒讓王宇浩上樓，等我回來一起聊天、吃東西啊？」蕙儀提著大包小包的逛街戰利品進門，劈頭就問我。

「誰知道妳今天特別早回來。」

「王宇浩那傢伙說會陪妳回來，我以為他會等我。」

「並沒有，但他體貼地陪我走到門口，然後我向他道別，他就回去了。」我窩在沙發上，用手機看著網路新聞。

「是喔……」蕙儀咬著食指，好像在思考什麼，臉上的表情似乎覺得有點可惜。

「怎麼了？」

「沒什麼。」

我放下手機，問蕙儀，「根據我對董蕙儀的了解，這種表情似乎是在想『喔！好可

惜，怎麼這麼快就回去了』。」

「哈。」蕙儀嘟著嘴，「這妳也知道？」

「是啊！不然白當妳好朋友了。」我抿抿嘴，看著眼前燙了大波浪捲髮的惠儀。

別說身為蕙儀的好朋友，其實蕙儀這種直率的個性，九成九的情緒會毫不掩飾地寫在臉上，也許連陌生人都可以輕易看出蕙儀的喜怒哀樂。

蕙儀常說，關於她容易把自己的情緒直接地寫在臉上這點，讓她經常被媽媽罵，原因是以後要當個管理階層的人，不應該把自己的喜歡或不喜歡、高興與不高興毫無保留地寫在臉上。雖然沒有絕對的好與不好，但蕙儀的媽媽就是希望蕙儀能夠當個內斂一點的人。不過看起來蕙儀似乎沒有要因此改變什麼，她說她爸爸覺得他們家蕙儀小公主想怎麼樣就可以怎麼樣，管她要大笑還是大哭都沒關係。

是啊！公主本來就可以什麼都不管，在開心時放聲大笑，悲傷時不管三七二十一地大哭的，不是嗎？

「好啦，有機會再一起聊聊囉！」

「奇怪，平常明明對宇浩學長很壞，每次說話不好好欺負學長不善罷干休的，今天倒有點反常。」

「才沒有。」蕙儀嘛了嘛嘴。

「不然呢？」

「我只是覺得很久沒看到他而已。」

「所以妳移情別戀妳的青梅竹馬囉？」

蕙儀誇張地搖搖頭，「我對我男朋友可是非常死忠的。」

「好好好。」我揚起眉，很故意地看著蕙儀。

「好啦！」蕙儀伸起腿，盤坐在沙發上，「子耘，我問妳喔……」

「請說。」

「妳覺得王宇浩會不會是妳喜歡的對象啊？」

「喜歡？」雖然覺得自己很了解這位小公主，坦白說我還真的沒料到她會問出這麼詭異的問題。

「妳也太大聲了吧？」

「是妳的問題太怪了吧？」我皺著眉，看著表情很認真的蕙儀。

「沒有怪啊！」

我嘆了氣，「所以妳的意思是？」

「據我所知，王宇浩現在沒有女朋友。」

聽到這裡，我總算有點明白蕙儀心裡的盤算，「有沒有女朋友也與我無關吧？」

蕙儀思考了幾秒，「雖然我跟他只差沒有同穿一件衣服長大，雖然我跟他是熟到不能再熟的青梅竹馬，但客觀來講，他是很多女生心目中的天菜，這點妳不否認吧？」

我也想了想，「我沒否認。」

「那既然是沒有女朋友的天菜，為什麼不好好把握？」也許因為我的認同，蕙儀有點開心。

「可是我也沒有像其他女生對他的那種崇拜和……瘋狂的迷戀感。」

「所以這樣的愛情才算夠真實。」

我翻了白眼，「董蕙儀，妳專心談好妳的戀愛就行了，我承認宇浩學長高高帥帥、脾氣好像不錯，各方面都很優秀，但是我對他並沒有任何……非分之想。」

「唉唷，我只是覺得也許有可能啊！」

「怎麼可能有可能？」蕙儀很認真，我突然覺得我們的對話內容很無厘頭，不禁笑了笑。

「妳笑什麼？」

「我覺得我們幹嘛花時間討論這奇怪的話題啊！」

「哪是奇怪的話題？我可是很認真的在討論正經又嚴肅的事耶！」蕙儀歪著頭，「到底哪裡奇怪了？」

「很奇怪啊！妳是不是說宇浩學長是天菜？」

「對。」

「天菜會喜歡我這種平凡到不能再平凡的……」

「別說妳是醜小鴨。」蕙儀伸出食指，指著我。

我把「醜小鴨」三個字硬生生吞了回去，快速地在腦子裡想替代的詞彙，「不能再平凡的小……」

「別說自己是小草。」

我瞥了蕙儀一眼，再次把「小草」兩個字吞回喉嚨，在腦子裡尋找第三個詞彙，「不能再平凡的……」

「妳不是鄉下村姑。」這次翻白眼的是蕙儀，在我還沒想出第三個詞彙的時候，她把我常常打趣她是公主時，會說自己是「鄉下村姑」的形容說出來。

「反正我目前對宇浩學長的感覺，就只是他是妳很好的朋友這樣而已。」

「所以順其自然？」

「我沒說。」

「所以我可以撮合你們囉？」

「我也沒說。」我聳聳肩。

「好啦！」蕙儀覺得自討沒趣，又嘟起了嘴，「妳真的沒有一點點、一點點地動心嗎？」

「呼……」我想了想，坦白地將心裡的想法告訴她，「宇浩學長真的滿帥的，雖然跟他只經過短短的幾個小時相處，但是加上平常看他跟妳互動的樣子，我覺得他確實是個善良的人，只是，真要說對他有沒有喜歡之類的情感，目前為止實在沒有。」

「所以，不會討厭他吧？」

「當然不會。」我抿抿嘴，很客觀地回答。

「那就好。」

「什麼那就好？」

「這樣我就可以盡情地撮合你們啊！或者慫恿王宇浩追妳。」

「慫恿？」我飆高了音調，「這種事情還有慫恿的？」

「對啊，只要妳不討厭他就好啦。」蕙儀臉上倒是掛著滿意的笑。

「董蕙儀同學，妳真的很有趣耶！」

「我是漂亮、美麗、可愛。有趣這種字眼不適合我，畢竟有趣是對諧星的形容。」

「妳幹嘛要慫恿他追我啊！別這樣害我好嗎？免得下次看見他太尷尬了。」

「才不會咧！之前他就常說妳滿可愛的啊，根據我對他的了解，他對妳可是頗有好感的喔。」

「怎麼可能？」

「是真的，」蕙儀收起了笑，很認真地看我，「我覺得如果照這情況發展下去，也許你們兩個也有交往的可能喔！」

「想太多了。」我再次拿起手機，滑開螢幕鎖。

「愛情來了很難說。」

「嗯。」我隨口應了聲。

「也許今天那個打中妳的球……」蕙儀眨眨她的右眼。

「怎麼樣？」

蕙儀曖昧地笑了笑，「就是月老的紅線喔。」

「真的想很多耶……」我沒好氣地笑著，突然想到，「對了！」

「嗯？」

我看了牆上的時鐘，「說到這個，妳回來也有半小時左右了吧？」

「差不多。」

「但妳一打開門走進來，開門見山就點了鴛鴦譜，連月老的紅線也被妳拿出來講了，卻對我受傷這件事情不聞不問，連句關心的話也沒有，妳這朋友也太無情了。」

「唉唷，妳和王宇浩在電話裡已經講得很清楚了啊！」

「好啦。」

「就知道子耘對我最好了，一定不會跟我計較的。」

「知道就好，記得！別再亂說這些有的沒的了，我可不想被宇浩學長誤會，也不想被其他暗戀他的女孩仇視什麼的喔！」

「好好好，我不亂說，但是可不代表我放棄撮合你們喔。」

「喂！」

「因為我希望……」

我納悶地看著沒有把話說完的蕙儀，「希望什麼？」

「我希望我的好朋友路子耘得到幸福，也和我一樣沉浸在開開心心的愛情裡，而且我知道王宇浩真的是一個很棒的人。既然他覺得妳可愛，妳也覺得他是天菜，兩個人就有可能在一起啦。」

我笑了，沒有再回應或是再和蕙儀爭論下去，因為此刻，蕙儀的好意使我很感動。

＊

記得系上學長姊說過我們系算是有名的「報告系」，所以在迎新茶會時，學長姊就已經耳提面命，要我們選通識課程時，一定要盡量避免超多報告的通識課程。但是沒想到，這次我和蕙儀還是誤打誤撞選了一學期有三次報告的課程，還有一次期末考要應付，就連點名也很要求，兩次點名不到就鐵定被當。

儘管如此，我們大膽的小公主蕙儀還是敢為了男朋友的生日偷偷的翹課，甚至託我神不知鬼不覺地幫她交作業。

因為有這項神聖的任務，我還特地調了早十五分鐘的鬧鐘，只為了能夠在教授出現前，和大家的作業一起交出去，以免被教授識破。

一進教室，都還沒坐下，第一件事就是將包包放在座位上，立刻從包包裡的資料夾取出兩份作業，準備走到講台前繳交。我才剛把包包的拉鍊拉上，就被從隔壁傳出來的聲音嚇了一跳。

「小學妹。」

「啊！」我嚇了一跳，手一鬆，不小心兩份作業都掉在地上。我微微轉身看了一眼趴在隔壁座位的男生。

「順便幫我交吧。」他用低沉的嗓音說著，指指他放在桌上的作業。

「喔……」雖然被嚇了一跳，覺得這人很莫名其妙，但我還是照他的話，把他桌上的作業拿起來。也在這個同時，我才發現這個害我嚇了一跳的，就是前兩天我和宇浩學長在回家路上遇見的那個……那個……叫什麼凱的男生。想到這裡，我偷瞄了一眼作業封面上的學生姓名，對！他叫于凱森！

我在心裡嘀咕了幾句，還是決定幫他交作業，然後心裡暗自盤算等一下一定要立刻換位置才好，因為我才不坐在一個這麼莫名其妙又無禮的傢伙旁邊。我蹲了下去，撿起一份腳邊的作業，再往前走兩步，想撿起另一份。當我撿起作業，卻發現封面沾到了不知道哪個冒失鬼灑在地面上的咖啡，而濕濕的咖啡漬正不偏不倚地印在「指導教授」以及「學生姓名」的欄位。我著急地翻開封面，作業的第一頁和第二頁也遭了殃。

唉……我嘆了一口氣，默默走到講台前，將于凱森和蕙儀的作業交上去，然後帶著自己的作業走回來，坐在座位上。

看著桌上的作業封面，大概一千萬個猶豫的念頭不斷地在我心裡流竄著，想要不管三七二十一地將作業交上去，但是心裡又有一個聲音告訴我千萬別這樣。我深深地吸了一口氣，看了一眼黑板上方的時鐘，還有三分鐘就上課了，等一下回來，教授一定認為我是遲到了。

正當我猶豫著，坐在隔壁座位的那個男生咳了咳，「弄髒了？」

「嗯……」我連看都沒看他一眼，只是隨便敷衍他，繼續在心裡盤算衡量此刻應該怎麼辦才好。

「檔案有帶嗎？電子檔？」原本趴在桌上的他坐直了身子。

「電子檔？」我看見他表情很認真，「好像有……」

「找找看吧。」他聳聳肩，「我看妳這種好學生應該會擔心錯過點名，等等我去幫妳印。」

「幫我印？其實我可以……」我停下手邊的動作。

「快找吧！別再浪費時間了。」

「喔……」我翻找了一遍，沒有找到隨身碟。我感覺到腎上腺素急速分泌，而且因為緊張，開始微微地冒汗。我愈來愈緊張，再找了一遍，怎麼找都沒有找到我的桃紅色隨身碟。

「沒有嗎？」

我搖搖頭，還是不斷翻找包包裡的每一個暗袋，最後沮喪地放下包包，「我真的沒帶。」

「有沒有上傳到雲端硬碟？」

我搖搖頭。

「有沒有另外用信件寄過檔案？」

想了想，我還是搖搖頭，「沒有那個習慣。」

他想了想，然後站起身，「拿好妳住處的鑰匙。」

「啊？」

他指著桌上的鑰匙，「這是吧？」

「對。」

「那走吧！」

「走去哪？」

「去妳住的地方拿檔案，然後列印，再來交作業。」

「那我也可以自己……」

「走。」打斷了我的話，他沒讓我把話說完，便抓起我桌上的鑰匙，拉住我的手臂，往教室外衝去。

＊

「等，等一下……」我跑得上氣不接下氣，因為他終於停下了腳步而跟著停下腳步。我忙著喘氣，雙手扠在腰上，希望這個叫于凱森的傢伙讓我休息一下。

他看了我一眼，從牛仔褲口袋裡拿出車鑰匙，打開機車置物箱，拿出兩頂安全帽，再發動機車引擎，「這頂給妳戴。」

「喔。」我接過安全帽戴上，等他把機車牽好才跨上車，「謝謝。」

「妳住哪裡？」

「四百二十巷那裡，新建的那幾棟。」

「喔。」他點點頭，「抓好。」

「嗯……」我抓著機車後方，深深地吸了一口氣。

「不是抓後面。」

「啊？」

他微微側身，大大的一雙手往後拉了我的手放在他的腰際，「放這裡。」

「喔。」我點點頭，看著後照鏡裡的他，「謝謝。」

「出發了。」

「嗯……你知道路吧？」

「知道。」

「那麻煩你了。」

於是，我坐在後座，手放在他的腰際，和他一起離開了學校停車場。

其實，此刻的狀況對我來說有點尷尬，從小到大好像沒有這樣被一個「陌生人」載過，何況還是一個我覺得沒什麼好感的人。

我看著沿路的風景，大概是為了趕時間，他的車速並不慢，有幾次，我其實偷偷地從後照鏡從鏡子裡偷看他，但他只是一直看向前方，直到停紅燈時，我們視線才在後照鏡裡短暫交會，我有點尷尬，只好趕緊將目光移開。

「所以，剛剛是在偷看我嗎？」

我微微握了拳，心裡盤算應該找什麼藉口敷衍，看到後照鏡裡他的眼神還在等我的回答，我抿抿嘴，「誰偷看你。」

他指著後照鏡，「剛剛，在這裡。」

「臭美。」我哼了聲，心裡暗罵這個紅燈時間怎麼好像特別長，將頭撇到一旁，卻看見有幾個正在買飲料的女同學，正往我們的方向看過來，好像在討論什麼。

「最好是臭美。」他笑了。

我看著那幾個女同學，「喂，那幾個人，是不是你朋友？」

「嗯？」

「飲料店前面。」

「對。」他往我說的方向看了過去，然後揮了揮手，此刻紅燈轉成了綠燈，他又轉動機車把手繼續往前。

「難怪，原來是你朋友。」因為風聲很大，我也放大了音量。

「嗯。」他簡單回答，先是右轉彎進一條小路，又左轉彎進一條巷子，最後停在我住處的大門口。

我下車，看了一眼手錶，「哇塞，我都不知道有這個捷徑耶，那以後我上課走這條捷徑可以省下十分鐘吧。」

他也下了車，「妳騎腳踏車吧？還是乖乖騎原本的路就好。」

「為什麼？」

「這捷徑太偏僻了，妳一個人騎車遇到壞人我可不負責。」他低頭看我，又是那種看不出情緒的表情。

「應該還好……」

「快上去吧！」他輕拉了我的手，看了一眼我手上的手錶，「妳有印表機嗎？」

「沒有，所以，拿了檔案還要去便利商店列印。」我感到抱歉地笑了笑。

「沒關係的，那妳快去拿檔案。」

「那你……」我用食指往上指著。

「我在樓下等妳吧！」他聳聳肩，「我猜，妳不會想要讓一個陌生人到妳住的地方吧？」

我笑了。這個人，好像沒那麼討人厭嘛。

雖然這個男孩臉上的表情一樣冷冷的，但不知怎麼的，我卻因為他此刻所說的話而對他有了不同的想法。

✳

在便利商店列印時，也遭遇了一些不順利。兩個ＵＳＢ孔竟然都讀不到我隨身碟的資料，我緊張得直冒汗。

「怎麼會這樣？」

「再試試看。」他接過隨身碟，將隨身碟插進ＵＳＢ孔，機器還是沒有任何反應，「只存了這個隨身碟嗎？」

我皺皺眉，「嗯。」

他邊說，又一邊將隨身碟插進另一個ＵＳＢ孔，仍一樣沒有反應，「真的沒反應。」

「怎麼辦？」我嘆一口氣，看了看手錶，「乾脆直接用原本那份，跟教授說聲抱歉，已經上課十分鐘了，也許教授準備點名，我覺得……」

「這麼快就要放棄，這樣，我們剛剛的努力不就前功盡棄了？」

我看著表情很認真的他，滿滿的猶豫卻又碰上他滿滿的堅持，我皺緊了眉頭，內心交戰。

「如果真的點名，大不了跟教授解釋一下，也許他能諒解。」于凱森輕聲說。

「可是……」

「況且點名兩次沒到才被當，今天也不一定會點名啊。」

我看著他，「我擔心……」

「不然妳先回去，我印完再走。」

「不用啦……這是我的作業。」

「那一起印。」

看著他臉上堅持的神色，左右為難的我最後只好點點頭，「好吧。」

「嗯，等我一下。」他從他的背包拿出一個隨身碟，插進機器的ＵＳＢ孔裡，螢幕上很快出現讀取的畫面。

「你要幹嘛？」

「找櫃台幫忙。」

拿著兩個隨身碟走向櫃台，「學妹，請問妳們誰有筆電嗎？」

「喔，我有。」其中一位店員回答。

「這隨身碟讀取不到，筆電能不能借我轉存檔案？」

「好啊，」學妹笑了笑，走進櫃台旁的員工休息室，沒多久捧了一台小筆電走出來，笑咪咪地交給于凱森。

于凱森才花了幾分鐘就把檔案成功複製到他的隨身碟，再次走回機器前，將報告成功地列印出來，「好了。」

「謝謝你。」

「小事。」

又向櫃檯的學妹借釘書機，把作業裝訂好，我們走出便利商店的大門，走到他的機車旁，將報告放進置物箱裡。

「喂，謝謝你。」

「我剛剛說了，只是小事情。」

「還好店員有筆電，你本來就認識她們喔？」

「應該是我們系上的，看過幾次。」

「原來如此。」我拿起安全帽。

「然後，我收過長捲髮那個學妹的情人節巧克力。」

我噗哧地笑了出來，「騙人。」

「真的。」

「騙人！」我翻翻白眼。

「有這麼難以置信嗎？走。」他又抓了我的手，「我們當面對質。」

「不要啦！喂！這樣很奇怪耶，喂……」我試圖想撥開他的手，但他還是拉著我往前走，「好啦，我相信你。」

他停下腳步，害我撞上他的背。

「唉唷。」

他轉身看我，「不相信的話，就對質啊。」

我皺著眉，「不用了。」

他低下頭，很專注地看我。

「幹嘛？我臉上有蒼蠅嗎？」

「別動，」他伸出手，微低著頭，小心翼翼地碰了碰我額頭上的紗布，「大概是流汗了，有點脫落。」

「是喔……今天還要去換藥，還是我乾脆撕掉好了，」將繃帶拉到一半，因為被他阻止而作罷，「怎麼了？」

「乾脆直接去換藥好了。」

「直接？」我瞪大眼睛，看了手表。

「反正第一節下課再溜進去。現在是課堂中，進教室不是太引人注意了嗎？」

「不要啦，這樣我會很緊張，而且如果被教授發現，我……」

「現在進去才是百分之百會被教授發現。」

我嘆了一口氣，雖然覺得他講的很有道理，我還是有點兒猶豫。想了想，最後還是點點頭，「好吧。」

「要去哪間？」

「那天宇……」本來想把「宇浩學長」說出口，但突然想到他們好像有什麼恩怨，於是我吞了回去，「那天是去學校附近的診所。」

「那走吧。」

「嗯……欸，等等。」我突然想到剛剛匆匆跑出教室，只帶了家裡鑰匙而已，就連列印的費用都是于凱森付的。如果現在連掛號費以及沒帶健保卡的押金都要向他借，未免也太不好意思了。

原本往前走了幾步的他停下腳步，「怎麼了？」

「還是，下課後我再自己去換藥好了，一下下而已，不要緊的。」我走到他面前，微微抬起頭，「不然你幫我看看能不能再黏好一點……」

他抿抿嘴，低下頭看我，「難怪人說女人是善變的動物，前一秒才說好，下一秒立刻改變主意。」

「不是啦……是因為我……」

「還是妳是擔心，被王宇浩看見會很難解釋？」他揚著眉，那種似笑非笑的表情有點像那天第一次遇見他的樣子。

有點討厭。

「不是的，好嗎？」我也冷冷地說。

「不然？」

我看著眼前突然又變得有點討厭的他，繞過他的身邊往前走。他的問題讓我想到他那天無禮的樣子，我也不想多說什麼，「我只是突然想回去上課而已。」

「喂！路子耘。」

「幹嘛？」

「這麼開不起玩笑？」

「什麼？」我轉身瞪著他。

「我有帶錢包，先去換藥吧。」這次換他繞過我，快步走到機車旁戴上安全帽。

他竟然猜得出我之所以反悔的原因。看他已經坐在機車上等我，我盡可能地掩飾臉上驚訝的表情。

這個人，真的滿妙的。

＊

「等一下就把錢還你。」坐在教室旁樓梯口的台階上，我低著頭，將剛剛列印以及換藥的費用用手機計算了一下。

「小事。」坐在我身旁的他聳聳肩。

「謝謝你。」

「也是小事。」他將手肘撐在膝蓋上，然後拄著下巴，「等等下課，就快把作業交出去吧！記得，放在中間，免得被發現。」

聽了他的叮嚀，我噗哧地笑出來，「這種小技巧，我還懂。」

「哈。」

「真的謝謝你，報告弄髒那時候，我還在想這下完蛋了呢。」

「但只要轉個念頭，根本就沒什麼。」

「是啊。」

「還有，妳這個人也太容易放棄了吧？」

「啊？」

「看妳在便利商店緊張的樣子，還直嚷著說算了什麼的。妳看，我們這樣不是把事情解決了？」

「因為覺得太麻煩你了，而且我擔心教授點名，那這樣我們就……」

「想太多了。」他停頓了幾秒，「已經決定要做的事情，在沒有努力的情況下就放棄，這太對不起自己了。」

「嗯……也有道理。」我點點頭，「沒想到像你這種討人厭的傢伙倒也能說出這麼不錯的話。」

「什麼叫『像你這種討人厭的傢伙』？」他輕哼了一聲。

「難道你以為自己是討人喜歡的傢伙嗎？」看他一副不以為然的樣子，我竟然不知怎麼搞的消遣起他來了。

「我確實以為我是個討人喜歡又讓人迷戀的傢伙，從小到大收過好幾百封情書，妳覺得呢？」聽到下課鐘聲響起，他站了起來，然後很禮貌地伸出手拉了我一把。

我站起身，拍拍屁股，「那好幾百封情書的主人，一定只是被你的帥氣外表迷惑了。要是她們知道你的個性有多麼討人厭，一定很後悔自己曾經做過這麼天真又無知的事情。」

「等等，妳剛剛說……帥氣外表是嗎？」

我沒好氣地抬頭看他，沒想到站在比他高一階的階梯上，他還是比我高了很多，

「所以，我這帥氣的外表能吸引到妳嗎？」他笑笑的，用他很好看的眼睛看著我，

「我口誤。」

好像非得得到答案不可。

「我口誤。」翻了個白眼，我再次重申。

「所以，妳會喜歡上我嗎？」

「于凱森，你有事是不是？」

他一樣笑笑的，突然伸出手。而不知道他到底想做什麼的我，忘了自己站在台階

上，直覺想往後躲開，差點因此跌倒。要不是因為他身手俐落地抓住我的肩膀，我想我身上可能又多了幾處傷口也說不定，「小心。」

「嚇我一跳。」我呼了一口氣，輕輕拍著自己的胸口。

「看來妳真是個冒失鬼。」

「喂，要不是你，我會差點跌倒嗎？」

「但一般謹慎小心的女生，並不會忘記自己站在樓梯上，然後還不小心差點跌倒。」

「于凱森，你真的很有事。」

「路子耘，妳真的是個冒失鬼。」

我狠狠地瞪了他一眼，「算了，不想跟你計較。不對，剛剛就想問你，你怎麼知道我的名字的？」

「這位同學，作業封面上的學生姓名寫得清清楚楚。」他彎下腰，拿起剛剛被我放在台階上的報告，交到我手上。

「喔。」我真蠢，竟然沒想到是這個原因。

「差點又把作業忘了，這不是冒失鬼是什麼？」

「無聊。」我哼了聲，「我要先進教室交作業了。」

「等等。」他拉了我的手臂。

「幹嘛？」

他走近我，又突然伸出手，碰了碰我額頭上的傷，「剛剛原本以為是護士沒有黏好，但現在我覺得……」

「覺得什麼？」

「覺得應該是妳太冒失了。」

我又狠狠地瞪了他一眼，「再怎麼冒失都比你這討厭鬼來得討人喜歡！」

整堂課，我其實有點心不在焉，原以為天衣無縫的計畫，可以在作業繳出去的時候畫上句點，卻沒想到我開心地要將作業交到講台前時，才發現作業竟然已經收走。問了一個同班的同學才知道，原來教授突然有個臨時重要的會議要主持，下一節課要請助教上課。

啊，今天真不是個幸運的日子。

唉……到底該怎麼辦才好？

我應該在下課時勇敢地交給助教，將事情的原委一五一十地告訴他嗎？可是這樣，他就會知道我上一堂課因為要列印作業蹺了課。如果說我剛剛下課後才想到作業竟然忘了交，再請他幫忙轉交給教授，這樣教授會不會覺得奇怪呢？

唉唷，我到底應該怎麼辦？

在心裡想了好幾個方法，都還是覺得行不通，直到下課的鐘聲將我從思考中敲醒，我才決定帶著作業去試試看。

我走到講台前，看著正把筆記型電腦放進電腦包裡的助教，「助教，這是我的作業，可以請您幫忙轉交給教授嗎？」

「同學，教授特別交代我，作業他都收走了，要我別再收了。」

「可是……」我看了作業一眼，「真的不能幫我轉交嗎？」

「同學，真的不行。」助教拉上電腦包的拉鍊，對我苦笑了一下，然後走出教室。

我無奈地走回座位，將桌上的課本闔上，因為作業的事情覺得不開心。

「他不收？」隔壁的于凱森剛背起背包。

「說教授特別交代他的，不收。」我苦笑了一下，「看來只好去找教授了。」

「嗯……這也是個方法。」于凱森停頓了幾秒，好像因為我的話而思考什麼，「作業給我。」

「嗯？」

「本來想要妳陪我去吃點東西的，可是碰到這麼龜毛的狀況，真是……」

「什麼啦？」

「作業給我。」他拿了我放在桌上的作業。

「你要幹嘛？」

「我幫妳交。」

「為什麼？」

「什麼為什麼？」他皺著眉，一副覺得非常莫名其妙的樣子。

「幹嘛要幫我？」

他抿抿嘴，「第一，好人做到底。第二，我最討厭看別人明明可以辦到的事情卻要放棄，所以決定幫妳。」

我深深地嘆了一口氣，「可是助教就已經說教授不收了，要怎麼交？」

「我有我的辦法，給我就對了。」

「真的嗎？」

「真的，那妳先回去吧！我答應妳，一定會完成這件事的。」

「真的？」我有點不敢置信。

「是，我一向說到做到。」他笑了笑，從牛仔褲口袋裡拿出手機，並且打開手機的螢幕鎖，遞給我，「輸入妳的手機號碼，完成之後，我會告訴妳一聲。」

「喔。」我乖乖地接過他的手機，乖乖輸入了自己的手機號碼，並且確定成功撥通，留下了通話紀錄後，再將手機還給他。

他拿回手機，「成功之後和妳聯絡。」

「謝謝。」

「不用客氣。」

「真的……」我吸了一口氣，雖然覺得在他面前說這些話有點彆扭，但同時又覺得不說好像說不過去，「真的很謝謝你，今天麻煩你太多了。」

「這真的沒什麼，我只是覺得，如果一開始直接交了那份報告就算了。」他笑了笑，「但我們都已經做到這樣了，為了不讓剛剛的努力變成無用的努力，我覺得我們應該再努力一點，把這些努力的總和變成我們想要的結果。」

「……」沒料到他會說出這番話，我抿抿嘴，給了他一個微笑。

「所以，等我電話吧。」

「謝謝。」

「別再說謝謝了，真要感謝的話，陪我吃頓飯就行了。」他眨了眨眼，眼神裡有著滿滿的故意。

「好啦……」我吐吐舌頭，「如果你把今天努力的總和變成我們想要的結果，我就請你吃飯。」

「一言為定。」他伸出手。

看他伸出手，準備和我打勾勾做約定，「男生也玩這招？」

「男生也有童年好嗎？」他的手在我眼前晃呀晃。

「有點娘。」我皺皺鼻子，很故意。

「快，我要去找教授了。」

「好啦。」我心不甘情不願地和他打了勾勾，沒料到他突然拍了拍我的頭。

「唉唷，這也是打勾勾的儀式嗎？」

「當然不是。」

「那你幹嘛打我？」

「這是……很高興認識妳的儀式。」

我狠狠地瞪了他一眼，撥撥自己的劉海，「無聊。」

「我很認真。」

「真的很無聊耶你。」

「好了，不跟妳開玩笑了，等我電話。」他笑著，又拍拍我的頭。

＊

和于凱森說了再見，離開校園後，我又騎著腳踏車繞去住處附近的書局逛了逛，挑了一兩本書和一些可愛的文具，再到常去的那間麵包店買了吐司，才回到住處。

原以為時間還算早，心想蕙儀應該和男友約會還沒回來，但沒想到我才剛踏上我們那一層樓，離住處的門還有一段距離，就聽到屋裡蕙儀的笑聲。

我看看手錶，猜想應該是蕙儀的男朋友利誠吧！

站在門外，怕撞見蕙儀和男朋友有什麼親密的舉動，於是我輕輕按了門鈴，等門鈴響了四、五聲之後，才準備打開門。但在這同時，蕙儀也已經把門打開，還俏皮地跳到門口，對我笑咪咪地說了一聲「Suprise!」

「妳今天跟利誠還真早回來，怎麼沒有續攤慶祝？」

「教授沒點名吧？」蕙儀睜著水汪汪的大眼睛，甜甜地問我。

我脫下球鞋，放在門旁的鞋櫃上，「沒有。」

「那作業……」蕙儀接過我手上的吐司。

「交了。」我苦笑了一下，「晚點再告訴妳今天的烏龍事件。」

「好啊！謝謝子耘。」

「不客氣。」我踏進屋內，往沙發的方向看去，才發現坐在客廳裡的人不是利誠，

「嗨，學妹，這麼不想看見我啊？」宇浩學長笑笑的，朝著我揮揮手。

「咦？我以為是利誠耶……」

「不，不是……」

蕙儀哈哈地大笑，坐到宇浩學長身旁，毫不客氣地打了宇浩學長的肩膀一記，「你知道自己多討人厭了吧？」

「是這樣嗎？」宇浩學長捏了捏蕙儀的臉頰，然後看著我。

「不是啦，我一直以為今天是利誠生日，蕙儀會跟利誠一起。」我放下背包，看見

眼前兩個總愛鬥嘴的青梅竹馬，「但你們今天沒有一起吃晚餐嗎？」

「晚點，他球隊有事情，先回去一下。」

我笑了笑，「所以宇浩學長怎麼有空過來？」

「說到這個，我是覺得還滿感人的。」

「蕙儀！並沒有這麼感人。」宇浩學長聳聳肩，反駁蕙儀。

「沒關係的，反正你等一下不也要自己講？」

「你們在說什麼啊？」我抓抓頭，對於他們的話感到納悶。

蕙儀笑著，「我剛剛回來，在樓下遇到王宇浩，才帶他上來的。」

「樓下？」納悶的我歪著頭，「學長來找朋友？」

「不是。」

「不然呢？」

「王宇浩說，今天妳必須去換藥，他早一點的時候先問了我妳的手機，但妳沒有接電話，他又問了妳今天的課表，覺得妳差不多應該回來了，就決定到樓下等妳。」

「真的嗎？」我覺得驚訝，訝異地看向學長，「應該是轉成靜音模式了。」

「是啊！再怎麼說，妳的傷都是我們造成的。所以，妳今天去換過藥了？」宇浩學長盯著我額頭上的傷口。

我摸摸自己額頭上的傷，「嗯，今天有點小烏龍，就誤打誤撞的順便去了。」

「那就好。」學長苦笑了一下，點點頭。

「我再一次問了醫生會不會破相，醫生說不會。」我哈哈地笑了，想起那天宇浩學長開的玩笑。

「破相？」蕙儀皺皺眉。

「那天子耘一直說不需要看醫生，我開玩笑說以我的經驗來看，有可能會破相，她才願意跟我去的。」

「哇。」蕙儀也跟著哈哈大笑，「路子耘，妳什麼時候這麼在意這種外表上的事情了？」

「當然，雖然我是不怎麼懂化妝、不怎麼懂保養，但是破相這種事情，我還是會在意的好嗎？」

「如果真的破相，就叫當事人負責啊！」蕙儀拍拍宇浩學長的肩，「王宇浩他家隨隨便便都能夠對妳負責的。」

我抓起一旁的抱枕往蕙儀的方向丟去，「董蕙儀，我好想揍妳。」

「開開玩笑啦。」

「學長，我真的懂為什麼你這麼討厭董蕙儀了。」我瞪了蕙儀一眼，然後對著宇浩學長挑了挑眉。

「知道我從小到大的痛苦了吧？」學長跟著幫腔。

蕙儀原本還想辯解，被突然響起的手機鈴聲打斷。她簡短講了幾句之後就掛了電話，「再過五分鐘利誠就要來接我囉！祝我有個美好浪漫的燭光晚宴吧。」

「那等等我跟妳一起下樓。」宇浩學長拿起一旁的背包，站起身。

「你不陪子耘一起吃晚餐嗎？」

「子耘，要嗎？」

我看了看蕙儀，再看看宇浩學長，「下次吧！今天有點累累的，而且現在還不餓。」

「那好吧！早點休息。」

「嗯。」我站起身，尾隨蕙儀和宇浩學長走到門口，和他們說了再見之後，關上大門，繼續窩在客廳的沙發上，看著電視上已經重播多次的綜藝節目。

蕙儀和宇浩學長離開後，我窩在客廳看了好久的電視，昏昏沉沉地不小心睡去，直到電視廣告的音量變大，才又把我從昏沉的睡夢中叫醒。

我打了個舒服的呵欠，拿起電視遙控器轉台看八點檔連續劇，然後又不小心睡了一覺，再次醒來，是因為放在茶几上的手機鈴聲熱鬧地響起。

我拿起手機，看著手機螢幕上顯示的是一串號碼，是誰？

猶豫了幾秒，原本不打算接聽，才想要將手機放回桌上，突然想起有可能是于凱森來電，於是滑動手機接聽。

「喂？」我接了電話，但是對方沒有說話，有點疑惑的我又「喂」了一聲。

「小耘……」

小耘，會這樣叫我的除了家人之外，就是……

這個聲音……一定是我聽錯了。

「喂？」我又丟出了我的問號，不過心裡還是有九成九的肯定，因為這個聲音，我是再熟悉不過的了。

「我是湘湘……」

雖然心裡已經確定就是湘湘沒錯，但不知怎麼搞的，也許是不知道該怎麼回應，我輕輕地「嗯」了一聲，希望自己聽錯了，更希望剛剛根本不要接起電話就好。

但，現在也來不及了。

「小耘，如果可以，能跟妳聊聊嗎？」電話那頭曾經熟悉的聲音，此刻卻讓我覺得陌生到不行。

「對不起，我現在沒空。」邊說，我邊覺得自己的謊言真的很可笑，因為從電視裡傳出來的聲音，想必電話那頭的湘湘一定聽得一清二楚。但是此刻自己很混亂，既無法冷冷地把電話掛斷，也無法找出其他更高明的藉口來回應她，我只好隨便說了一句。

「喔，很希望能和妳聊聊……」

我吸了一口氣，此刻心臟跳得好快，有一種難以形容的情緒複雜地湧上心頭。我放下手機，盯著顯示通話介面的螢幕，不知道湘湘還說了些什麼，但後來我聽見她喊了幾次我的名字之後，左右為難的我再次拿起手機放在耳邊，「我現在真的很忙……」

「喔，那有空再說。」

「嗯……」我思考了幾秒。

「到時候見。」

我放下手機，突然不明白自己為什麼這麼懦弱，再次將手機貼近耳邊，「我覺得似乎沒有這個必要。」

直接結束了通話，我將手機放回茶几上，抓起了一旁的抱枕抱著，想著剛剛自己的懦弱表現。

為什麼我不表現得強硬一點？為什麼我要這麼沒氣勢？為什麼我不直接說「妳認為我們還有見面的必要嗎」？為什麼我不狠心一點？

路子耘，妳這沒用的傢伙。

將頭埋在抱枕裡，思考著湘湘的來電。明明就對湘湘很不滿，卻無法生氣表達出自己的情緒，真的有點不太開心，但是……就算剛剛發了脾氣，對於既定的事實，又能改變什麼呢？

掛斷電話之後，我變得很不開心。

冷靜下來，我發現自己竟然不是因為放下了而無法對湘湘生氣，反而是因為自己竟然不知道該用怎麼樣的態度面對她，就連掛斷電話也是倉皇失措地只想快快結束對話……

我懊惱地連嘆了兩次氣，躺在沙發上，重新將剛剛和湘湘的對話想了一遍，接著又想起很久很久以前在樓梯口，自己氣得大哭、氣得握緊拳頭發抖，連話都說不清楚的模樣。沒想到事情過了這麼久，在湘湘面前狼狽的模樣沒有一點進步，還反而有種難以形容的感受。

當初明明能夠生氣得理直氣壯，就算話都氣到說不清楚，仍然可以明確表白自己的憤怒，就是對前男友很不高興、對湘湘很不滿。原以為一直到現在那樣的心情都沒有改變過，可是為什麼剛剛的自己會這樣呢？

想著，手機鈴聲又響了起來。我用力地抱著抱枕，不想理會再次響起的手機鈴聲。鈴聲停了又響起、停了又響起，最後我把抱枕丟到一旁，開始猶豫要不要接聽手機時，熱鬧的鈴聲才結束。

於是，我再次閉上眼，希望能夠沉澱此刻混亂的心情，直到大約半個小時之後，再次響起的手機鈴聲再引起了我的注意。

我伸手拿了手機，螢幕上的來電顯示同樣是一串數字。任憑手機在手上隨鈴聲震動著，最後歸於平靜，我查詢了一下通話紀錄，這才發現跟剛剛湘湘的來電號碼並不一樣。我往先前的紀錄察看，才發現連續打了好幾通的號碼，似乎是于凱森的來電。

真糟糕！

我按下回撥，響了幾聲，對方接聽了電話。

「喂，于凱森，對不起，我剛剛不知道……」

「妳的手機是裝飾品嗎？」

「不是啦！」我苦笑了一下，「對不起。」

「開玩笑的啦！我在樓下等妳。」

「啊？」

「陪我吃飯。」

「可是……可是我有吐司，今天不打算吃……」

「陪我吃飯，我就告訴妳作業後來怎麼了。」

「喂！」

「等妳。」

不等我多說話，于凱森掛斷了電話，而半信半疑的我迅速從沙發上站了起來，衝到客廳的陽台前，往下看于凱森是不是真的站在樓下。

這傢伙，不但真的站在樓下，而且很有默契地，他還正好往上看，朝著我揮了揮手，臉上掛著開朗的笑容。

「想吃什麼？」他笑咪咪地將安全帽遞給我。

我給了他一個白眼，「應該是問你自己想吃什麼吧？」

「但我這個人很有風度，所以，妳想吃什麼我都可以奉陪。」

戴上安全帽，我抿抿嘴，「我沒想法。」

「那帶妳去吃牛肉麵？」

「喔。」

「還是想吃簡餐？石鍋拌飯？或是義大利麵？」

「牛肉麵好了。」我苦笑了一下。

「嗯，上車。」

「好。」我跨上機車，發現他很貼心地微傾了車身。「走吧。」

「帶妳去吃市區一家網路超推的紅燒牛肉麵。」

「嗯。」我從後照鏡看著他，點了點頭。

「那出發囉。」

「好。」我又看了他一眼，然後轉移目光看向路旁。

到市區的路程大約半個小時，一路上，我都看著路旁的景色。平常和蕙儀想去市區逛逛時，蕙儀家的專屬司機會開車過來載我們過去，等我們逛累了、吃飽喝足了，再載我們回住的地方。後來我覺得這樣有點彆扭，就邀蕙儀一起搭市內公車前往。有好一陣子我們都是搭市內公車代步，雖然偶爾小公主蕙儀會吵著說不想搭公車，堅持要搭計程車比較快。

我突然想起從前和湘湘一起搭公車上下學的日子。當時，我們總會在走到公車站的途中買霜淇淋吃，然後被路邊攤子的小髮飾或小飾品所吸引，在攤位上挑選半天，不管有沒有買到戰利品，最後往往沒能搭上原本預計好要搭的那班公車，只好等下一班車。後來和前男友交往，他會貼心地陪我們兩個一起搭車回家，自己再轉搭要繞好一段路的公車回家。當時我覺得他好貼心，認為自己好幸福，竟然能和這麼體貼的男孩交往。直到他劈腿了，我才恍然大悟，原來他想陪伴的是湘湘，而不是我。那時候我還開心又雀躍萬分地對湘湘說自己的男友好體貼，彷彿自己是全天下最快樂的女孩一樣，現在想起來，真的非常諷刺。

看著不斷後退的景象，我突然為自己感到悲哀，不知道那時候當我開心得快要飛起來似地分享這種感覺時，前男友的心裡怎麼想？而被前男友認為是真愛的湘湘心裡又是怎麼想的？

「到了。」于凱森拍拍我放在他腰際的手，「路子耘，到了。」

「喔……」我回過神來，抬頭看了看眼前店面的招牌，趕緊下車，因為沒踩穩的關係差點跌倒，還好被他反應很快地抓住手臂。

「小心！」

「好險。」我呼了一大口氣，苦笑一下。

「小心排氣管，燙到的話恐怕會留疤的。」他又用了一點力氣，將我拉到一旁。

「謝謝。」

「小心一點就是了，妳還真是不折不扣的冒失鬼。」他拿下安全帽。

我瞪了他一眼，「你才是不折不扣的討厭鬼。」

他揚起眉，聳了聳肩，「我們進去吧。」

我點點頭，正準備把安全帽脫下，手機鈴聲響了起來。我急急忙忙從背包前面的小袋子拿出手機，連來電者都沒看就按了接聽，指著店前面排隊的隊伍要于凱森先去排隊無妨。看他搖搖頭表示沒關係的樣子，我還是開了口，「你先去排隊吧！」

「嗯。」

我將手機貼近耳邊，「喂」了一聲，因為聽不清對方的聲音，我又「喂」了一次。

「小耘……」湘湘的聲音，輕輕地從話筒傳來。

「嗯。」我皺緊眉，心想為什麼又是湘湘來電，大概是在路上多想了些什麼，此刻心裡有點因為想起往事而不開心，在這不開心的當下，我開始猶豫等一下是不是該把這個號碼設為拒接電話。

「下下星期或是下個月，我應該有機會到你們學校一趟，到時候能不能約妳見個面，有些話想跟妳當面聊聊。」

「喔。」我咬著下唇，聽電話那頭湘湘說的話。

于凱森疑惑地看著我，拔掉機車鑰匙之後站起身，很貼心將我的安全帽扣解開，再幫我把安全帽脫下並且掛在機車把手，指了指排隊的人潮，看我點了點頭，走進店面的櫃檯前排隊。

「可以嗎？」電話那頭的湘湘又問了一次。

我吸了吸鼻子，不知道該怎麼回答湘湘。

因為這句「可以嗎」，也是我想問自己的話。

可以嗎？先別管自己願不願意，想不想……現在的自己，真的可以自然從容地面對湘湘嗎？現在的自己，真的已經知道該用什麼樣的態度面對湘湘了嗎？

「可以嗎？有些話，我真的想當面講。」

「再說吧。」我艱難地吐出這三個字。

「嗯，到時候我再找妳。」

懦弱的我假裝咳了兩聲，沒有回答。

「再見。」

將手機放回背包前的小袋子，我朝于凱森看了一眼，很巧地他正好往這裡看過來。迎上了他的目光，覺得有點尷尬，我立刻將目光移開，假裝看往飲料店的方向。

此刻的我，想讓剛剛的心情轉換一下。

等了十分鐘左右，就輪到我們了。工讀生把我們帶到玻璃窗旁的兩人座位坐下，在工讀生的推薦下，我們點了店內的招牌口味牛肉麵。等待送餐的同時，因為有點尷尬，我拿起手機，打開網頁的熱門新聞，隨意看看幾則影視新聞，直到手機的螢幕整個被一隻大大的手遮住，我才抬起頭，瞪了于凱森一眼。

「吃飯不玩手機。」

「我在吸收新知、關心時事。」我一樣給了他狠狠的目光。

「吃飯還要吸收新知、關心時事，這樣很辛苦。」他的手沒有移開。

「牛肉麵還沒送上，剛剛工讀生不是也講了，因為客人很多，需要等上五分鐘，把握說長不長、說短也不短的幾分鐘來知道天下事，這麼有效利用時間的方式，何樂而不為？」

「但我覺得難得跟一個帥氣男孩用餐，應該專心一點才說得過去。」

吐了吐舌，「你真的自我感覺相當良好。」

「我是了解自己。」

「于凱森，我突然有點想揍你，」我稍稍用力地拍打他放在我手機上的手，但他絲毫沒有要退讓的意思。

「讓我看完這則新聞就好，那是我很喜歡的偶像。」

「不要。」他聳聳肩，樣子很欠揍，然後拿走我的手機，在手機螢幕上滑著。

「你在幹嘛？」我皺著眉，納悶地看著他。

「放心，我不會偷看妳隱私。」

「不然呢？還給我啦！」邊說，我邊伸手想趁機搶回手機，卻沒能成功。

「等一下啦。」他笑著，在手機螢幕上按了按，最後將手機還給我，「還妳。」

「你做了什麼？」我瞇起眼，要他從實招來到底做了什麼。

「把妳的手機密碼暫時改過。」

「于凱森！」我皺皺眉，充滿怒氣地瞪著他。

「吃飽之後，我就幫妳改回來。」他笑嘻嘻的，「別忘了，妳要專心陪我吃飯。」

「好啦。」我把他遞過來的手機放在一旁，看他堅持的表情，決定不再跟他僵持，

「所以作業的事情呢？」

「成功交出去了。」

「成功？」

「是。」他點點頭。

「親自交給教授的？」

「對。」

「他不是很堅持嗎？」

「牛肉麵來了，太棒了。」于凱森拿起一旁的筷子，很貼心地放了一雙在我面前，然後帶著好看的笑容向工讀生說了謝謝。

「所以你到底是怎麼讓教授願意收的？」

他一樣笑笑的，抽了一張面紙擦拭了剛剛放在我面前的筷子，接著遞給我，「快吃吧，等一下再告訴妳。」

「愛賣關子。」我接過筷子，拿起湯匙，迫不及待喝了一口熱騰騰的牛肉湯，「湯頭好喝耶！」

「不然妳以為牆上那幾面獎牌是假的嗎？」他笑著，夾起很有彈性的手工麵條吃了起來。

「阿凱，你果然在這裡。」一個穿著牛仔外套的短髮女孩突然站在我們面前，先是瞥了我一眼後，看著于凱森。

「妳下課囉？」

「是啊，今天威哥不是說一起到他店裡聚聚，一起慶生嗎？」

「是啊。」

「那你怎麼還在這裡？」短髮女孩雙手扠在腰上，原以為有興師問罪的意思，但聽她的口氣，好像只是疑問而已。

「我今天的課本來就很滿，再說正好有些事要處理，何況我本來就已經跟威哥說過會晚點到。」

「要處理什麼事？」短髮女孩好像非得問到答案不可。

「沒事。」余凱森看了我一眼，然後問了短髮女孩，「妳要先去威哥那嗎？」

「那你幾點過去？」短髮女孩看了一眼手上大大的機械錶。

「晚點吧。」

「我等你。」

「妳先去，阿豪現在應該差不多下課了，我打電話叫他順便載妳。」余凱森從牛仔褲口袋拿出手機，才剛準備滑開螢幕鎖就被短髮女孩阻止。

「為什麼不是你載我？」女孩抓著余凱森的手機。

「我晚點才要過去啊。」

「阿凱，威哥生日耶！」

「放心，切蛋糕前，我一定到。」

「這你說的。」女孩瞇著眼。

「我一向說到做到。」

短髮女孩顯然被說服，鬆開原本抓住余凱森手機的手，「我自己打給阿豪就好，晚點見。」

「晚點見。」

「對了，她就是你那天說的……王宇浩的女朋友？」短髮女孩睨了我一眼，突如其來地拋出問句。

「是啊。」

「原來如此，」短髮女孩點點頭，帶著奇怪的笑，「確實是王宇浩會喜歡的類型。」

「別無聊了，快去吧。」

「怕我亂說話啊！我不會這麼無聊。」短髮女孩輕輕地哼了聲，轉身準備離開。

「等一下。」

短髮女孩轉頭看我，用塗了黑色指甲油的食指指著自己的鼻頭，「妳叫我？」

「對。」我放下筷子和湯匙，然後站了起來，「我想又是這位于凱森同學傳遞了錯誤的訊息。雖然我根本沒有解釋的必要，但我真的不喜歡被誤會的感覺，所以我想說清楚，宇浩學長不是我男朋友，我也不是宇浩學長的女朋友。」

「哈，好。」短髮女孩用一種不知道是什麼含意的眼神看了一下于凱森，然後對我比了個「讚」的手勢，帶著笑容離開了。

「好嗆的脾氣。」

「嗯？」再次拿起筷子和湯匙，我抬頭看見于凱森的眼神裡有著滿滿的笑意。

「看起來個性很溫和，脾氣倒是滿嗆的。」

「不是嗆，我只是不喜歡被誤會。」我苦笑了一下，「再說，背負著『王宇浩女朋友』的誤會，這會害我交不到男朋友，懂嗎？」

「懂。」他揚起眉，給了我一個微笑。

「懂就好，下次再敢亂講，我絕對揮拳過去。」

「好怕，但妳知道我從小就練過空手道嗎？」

「真的嗎？」

「真的。」

「那你聽過『打不還手真君子』嗎？」我胡謅了一下。

「完全沒有。」

「反正，在我真的氣到揮拳揍你的時候，你！于凱森！就是不能還手，用你的臉迎擊就對了。」

「好，如果妳真的捨得揍我這張帥臉的話。」

「自戀。」我又瞪了他一眼，低頭喝了一口湯，想結束這個話題。

「這家麵好吃吧？」

「好吃。下次來試試看清燉的湯頭。」

「也滿好吃的喔，下次再一起來。」

「謝啦。」

「不用客氣，」于凱森看著我，「話說，妳終於笑了。」

「啊？」

「從剛剛到現在，除了苦笑之外，這是第一個笑容。」他放下筷子跟湯匙，抽了一張面紙擦擦嘴，「苦瓜臉很不適合妳。」

「沒有任何人適合苦瓜臉。」我也放下了筷子與湯匙，翻了翻白眼。

「剛剛看妳接電話的時候，我甚至以為妳要哭了。」

因為于凱森的話，我尷尬地問，「這麼明顯？」

「是啊，一副被誰欺負了的樣子。」

「是嗎……」我嘆了口氣，然後苦笑了一下。

「妳看，又苦笑了。」

「……」我沒有再說什麼。

「如果真的被欺負，空手道高手于凱森替妳討回公道。」

因為他的動作與臉上的表情，讓我噗哧地笑了出來，「對方是女的耶！你確定你下得了手？」

「當然。」

「確定？」我挑眉，很故意地問：「聽說厲害的武林高手，好像不會隨便對一個弱女子動手。」

「總有例外。」他揚起眉。

「是這樣嗎？但話別說得太滿，對方可是個漂亮的女生喔。」我又拋出難題，看他思考了一下，於是繼續逼問，「猶豫了？」

「不是。」

「不然怎麼樣？」我歪著頭問。

「漂不漂亮，這都不是重點，重點是……我會先考慮她是不是我喜歡的類型再決定。」

「哼，見色忘友。」

「見色忘友？」和我隔著桌子的他挪動了身子，往前坐了些，認真地問我。

「對，男生果然是視覺的動物，不可靠。」雖然心裡並不在意，但我還是假裝皺皺鼻頭，露出不屑的表情，「還是我自己解決比較快。」

「妳要是能自己解決，剛剛就不會是那種苦瓜臉了。」

我對他扮了一個極醜的鬼臉。

「所以，妳剛剛說『見色忘友』，是把我當朋友了？」

再次對他扮了一個極醜的鬼臉。

「妳扮鬼臉還滿有天分的嘛。」

「于凱森！這句話是褒還是貶啊？」我掄起拳頭，在他面前揮舞了兩下。

「當然是褒獎，代表你很有演戲的天分。」

「那真的很謝謝你喔……哼。」

他笑了，突然捏了捏我的臉頰，然後用一種很認真的眼神看我，「路子耘，回到剛剛的問題……」

「嗯？」

「說真的，只要妳開口，不管與妳對立的女生有多漂亮，就算對方是我喜歡的類型，總之無論如何，我都幫妳。」

「真的假的？」我故意揚起眉，很不相信地問。

「當然是真的。」

「那我呼救的時候，記得快到我面前來。」

「沒問題。」他拍拍胸膛，給了我一個很值得人信任的微笑。

看著他臉上的笑容，我好像也被感染了。奇怪的是，雖然我猜想他只不過為了想讓心情不怎麼好的我開心一點，但是在那一瞬間，我聽了這段話，心裡竟揚起一絲絲的感動。

「謝謝你帶我去吃這麼好吃的牛肉麵，也謝謝你送我回來。」我將安全帽遞給于凱森。

「不客氣，嚴格說起來，是我應該謝謝妳陪我吃飯。」他笑著，將安全帽放在置物箱，然後站在我面前。

「最好是如此。」我白了他一眼，「所以……你現在要去找朋友囉？」

「嗯，這麼問的意思是想一起去嗎？」

「沒有。」

「開玩笑的，但如果妳真的想去，我可以帶妳去認識他們。」于凱森一樣帶著好看的笑容，但是說話的表情很認真。

「有機會再說吧。」我聳聳肩，忍不住打了一個呵欠，「抱歉……」

「這麼真性情，毫不掩飾啊？」

「沒錯，本姑娘就是不愛扭捏作態。」

「很好，我欣賞，也喜歡。」

「那你路上小心。」

「嗯。」他坐上機車，朝我揮了揮手。

「喔，對了！所以報告的事情，你還沒告訴我怎麼解決的。」

「真的想知道？」

「當然。」我看著他，發現他的兩邊臉頰都有好看的酒渦。

「那教授之前在某個產學合作的機會中，曾和我爸合作過，報上我爸的名字之後，他點點頭就收了。」

「原來是這樣，不過……這樣會不會不太恰當啊？」

「一點都不會。放心，我向他解釋之所以遲交的原因，不然像他這麼嚴苛的人，應該也不會答應。」

「那就好，謝謝你。」

「說過好幾次了，不用客氣。」他又笑了，深深的酒渦又變得明顯。

「好吧，快去吧。」我揮揮手，「路上小心。」

「嗯，我會的。」他帶著笑意點點頭，發動機車引擎。但不知道為什麼，過了幾秒後，又把引擎關了。

「怎麼了？」我納悶地問。

「所以，真的被欺負了？」

「啊？」沒料到他突然的問句，我歪著頭。

「剛剛的電話。」

「喔。」我恍然大悟，苦笑了一下，關於湘湘以及和湘湘之間的故事，我實在不知道該從何說起。再說，對一個不怎麼熟悉的人談起這段往事，怎麼想都還是覺得奇怪，

「沒什麼，只是一個高中時期很好的同學打電話過來而已。」

「那妳為什麼臉像苦瓜一樣苦？」

我嚥了嚥口水，在心裡猶豫應該怎麼簡單交代過去，但還沒開口，他又開口了。

「不想說沒關係，」他很溫柔地笑了笑，「不是想打探什麼，我只是關心而已。」

「我懂，謝謝你的關心。」

「別這麼說，我必須走了，再見。」

「嗯，騎車小心。」

「上去吧，我看妳進門。」

看著他眼裡的堅持，我沒有推辭，就只是揮揮手說了再見，打開大門，走了進去。

✳

回到住處，我一樣窩在客廳的沙發上，看著有空一定會收看的綜藝節目。雖然今天

的單元很精彩，來賓也很幽默，但是說不上來為什麼，我的心思始終不太能集中在電視節目上。

我想著今天湘湘的來電，又想到剛剛和于凱森相處時的畫面。

不知道湘湘為什麼突然撥電話找我，我和她之間還有什麼好講的呢？又有什麼她堅持要面對面聊的話題呢？

很多很多的問句一下子冒了出來。我心裡很好奇湘湘想說的到底是什麼。儘管如此，自己卻也很清楚，現在我根本也沒有那樣的勇氣主動去問個明白。

我嘆了一口氣，心想若是湘湘來台中之後打電話約我見面，應該要用怎麼樣的理由敷衍她呢？

「路子耘同學，妳嘆氣也嘆得太大聲了吧？」

「妳回來囉？」

「是啊。」蕙儀將一碗甜點放在我面前，「買給妳吃的甜湯。」

「謝謝，我晚點再吃，剛吃了碗牛肉麵，超級飽的。」

「是嗎？」

「嗯，和一個……奇怪的傢伙去吃的。」

「喔？」不知怎麼的，我覺得蕙儀的表情有點誇張，她高高地挑起眉，「妳竟然拒絕了天菜王宇浩的晚餐邀約，結果去跟一個奇怪的傢伙吃飯？」

「不是這樣的，這不過是個烏龍所造成的小意外……」我急忙解釋，隨即又因為自己急著解釋的舉動感到好笑。

「所以，妳認識那個奇怪的傢伙多久了？」

「沒有多久，雖然前兩天遇過，但要說真正認識的話，今天……」

「今天？」蕙儀瞪大了眼睛，「哇塞！路子耘，妳變了！每次聯誼都不肯去，說什麼跟一堆陌生人吃飯、玩遊戲這種事情超奇怪的路子耘，竟然單獨、單獨、單獨和一個『奇怪的傢伙』一起吃飯。」

我抿抿嘴，抓起抱枕抱著，「剛剛說過了，只是個巧合而已。」

「說，妳怎麼認識于凱森的？」

「董蕙儀！」我瞪大了眼睛，把抱枕丟向蕙儀，「難怪剛剛就覺得妳的表情異常誇張，原來早就知道對方是于凱森了！」

「我就看妳保密到什麼時候。我剛剛好跟利誠去買東西，正巧被我看到！說，妳怎麼認識于凱森的？」蕙儀順手將剛剛我丟過去的抱枕抱著，下巴靠在抱枕上，一副洗耳恭聽的樣子。

「就是今天我們修的那堂課，他也有修……」

「難怪，那他前兩堂課應該是蹺課……」蕙儀摸摸下巴，有點喃喃自語的說著。

「什麼？」我疑惑地看著蕙儀。

「第一堂課的時候，我就想，名單上明明有他的名字，雖然覺得不太可能，可是一直沒看到他，我以為只是同名同姓的人而已。」

「喔。」

「所以今天是怎樣啊？」

我咳了咳，鉅細靡遺地把今天和于凱森認識的經過說了一遍，從弄髒作業開始到趕著列印、包紮傷口，再到晚餐吃牛肉麵的情形。

「聽起來滿有趣的。」蕙儀終於滿意地點了點頭。

「有趣咧！作業弄髒的那一剎那我都快瘋了！想不管三七二十一地交出去，又覺得真的太髒了。想衝去列印，又怕教授點名……唉唷，反正就是緊張死了。」

「不過這于凱森，人倒也挺不錯的嘛。」蕙儀摸摸下巴，像是在思考什麼。

「我不知道他是不是挺不錯的，」揚起眉，我故意把「挺不錯」這三個字唸得很大聲，「但是老實說，我是很感謝他啦，如果沒有他，我想我應該在不知道在怎麼辦的情況下，就把那份髒掉了的作業交出去吧！雖然交出封面髒到不行的作業，會讓我覺得很不開心。」

「我懂。」有點小潔癖的蕙儀因為認同的關係，用力地點著頭。

「所以，還好他一直堅持，呃……也一直幫我，不然我真的不用再去上課，等重修就好了。」

「原來是這樣。」

「其實我想要放棄的時候，他說別讓努力變成無用的努力，要把這些努力的總和變成我們想要的結果。」我認真地看著蕙儀，「我聽了很感動，因為一個不相干的人也這麼幫忙我，在那個當下，我突然覺得自己真的也要努力一下才行。」

「于凱森真的這麼說喔？」蕙儀驚訝地睜大了眼睛。

「對啊，句句屬實！」

「沒想到他也會說這種勵志的話，看不出來耶。」

「我也覺得，尤其之前看他對宇浩學長無禮的樣子，真難想像。」

「那怎麼會又一起去吃牛肉麵？王宇浩邀妳吃晚餐的時候，妳不是一口就拒絕他了？」

「因為他打電話給我，說他已經成功地把作業交出去了，邀我陪他吃飯，就和他一起去了。」我聳聳肩。

「喔，這于凱森今天倒是大發慈悲。」

「也許是大悲慈悲，也或許是看我實在太不積極了吧。」我苦笑了一下。

「所以他是怎麼讓教授收作業的？」

「聽說教授跟他爸爸有產學合作上的往來……所以他請教授幫忙的。」

「靠關係喔？」蕙儀飆高了音調，還挑高了眉。

「不算啦，但他對教授說了這件事情的原委，教授聽了之後才願意接受補交的。」

「開玩笑的啦！」蕙儀笑瞇了眼，「不過好奇怪，為什麼他這麼好心幫妳？」

我思考了一下，蕙儀的問題也是我感到疑惑的點。

「還是他對妳有好感？」蕙儀小聲問。

「怎麼可能？」

「還是……」

「我想只是覺得我太慘了吧。」

說完，我突然想起和蕙儀對話時的不對勁，「咦？不對！」

「什麼不對？」

「妳怎麼知道于凱森？妳知道他喔？」我，劈頭就問。

蕙儀點點頭，「當然。」

「真的認識他？」

「他跟王宇浩一樣，是學校裡的風雲人物。」

「那我怎麼不知道？」

「因為妳本來就對這種事情少一根筋。」

「哪有。」我不以為然地皺皺鼻頭。

「再說，他跟我還有王宇浩是以前是同一間高中的。」

「同一間高中？」我喃喃自語，沒有想到這三個人竟然是同一間高中畢業的，而我認識了蕙儀，也因為蕙儀的關係認識了宇浩學長，現在又因為莫名其妙的因素認識了于凱森，想想，這也許就是緣分。

「對。」

「怎麼這麼巧？」拋出疑問的同時，又想起蕙儀的高中讀的是私立貴族學校，學費、學雜費可是高得嚇人。

蕙儀點點頭，輕輕地「嗯」了一聲，「是啊。」

「所以，這是緣分吧？」

「我是覺得這只是恰巧而已，但我覺得他們跟妳才算是緣分。」蕙儀很故意，但是在她故意的表情裡又非常認真。

「什麼啦！」刻意忽略蕙儀的認真，我不想討論，因為我猜想蕙儀一定又會聚焦在奇怪的方面。

「就覺得妳跟他們其實才算有緣分。」

「妳想太多了。」

「我是認真的。」

「才怪。」我皺皺鼻子，「如果不是因為妳，我根本不會認識宇浩學長，如果不認識宇浩學長，那天也不會跟他一起遇到于凱森，所以這只是我跟妳的緣分夠深。」

「話不是這麼說。」蕙儀伸出手指在我眼前晃了晃，「所謂有緣千里來相見，這就是有緣。」

本想反駁蕙儀，但看著她臉上那種不說服我不罷休的表情，我吞回想說的話，吸了一口氣，「真的想太多了。」
「幹嘛這麼說！」
「不然呢？」
「其實我真的覺得這是緣份。」
看蕙儀說到「緣分」兩個字的時候露出特別曖昧的表情，我又嘆了一口氣，「不會是妳說的那種緣分。」
「幹嘛這麼肯定？」
「就是這麼肯定。」我聳聳肩。
「好啦！不討論這個，那我問妳問題總可以吧？」
「什麼問題？」
「先答應我，要回答我。」
我哼了聲，還是點了點頭，「好。」
「我問妳，妳覺得王宇浩和于凱森誰比較帥？」
我瞪了蕙儀一眼，「妳很無聊耶。」
「妳剛剛說好的。」蕙儀很故意回了我一個白眼。

「好啦，他們……都帥。」我原本想說「一點也不帥」的，可是實在說不出這樣的違心之論。停頓了一下，最後還是說出了真正的看法。

「那？」

「怎麼樣？」

「他們兩個人，妳比較喜歡誰？」

我皺皺眉頭，「什麼跟什麼嘛……」

「快回答我啦。」

「沒有比較喜歡誰。」我想了想，給了個很爛但是很誠實的答案。

「唉唷！」

「就真的沒有啊。」

「好啦，那這麼問好了，王宇浩和于凱森兩個人，哪個才可能是妳的菜？如果有機會交往，或是他們同時向妳告白，妳會選擇哪個？」

「不想回答這不可能的問題。」我挪動身子。

「快想想，不然我不放妳去休息。」

「小公主，求求妳饒了我好嗎？」雙手合十，我盡可能露出哀求的表情。

「路子耘，快點！」

我嘆了一口氣，「這假設性的問題，我不知道該怎麼回答，真的不知道。」

「所以，是王宇浩還是于凱森？」蕙儀仍不肯罷休。

「真的不知道，」我抿抿嘴，看著表情超堅持的蕙儀，「好啦，如果在今天之前，我想我會覺得當然沒得比，絕對是宇浩學長比較棒。但是今天相處之後，我發現其實于凱森沒有這麼討人厭，仔細想想，他們確實也都很好看，個性也算不錯，難怪妳說他們都是風雲人物。」

「嗯，這答案尚屬滿意。」

我瞪了蕙儀一眼，「還尚屬滿意咧……」

「那如果哪天他們同時跟妳告白，妳會接受誰？」

「沒有這種所謂的『如果』。」我搖搖頭，覺得蕙儀的問題愈來愈離譜。

「沒有嗎？」蕙儀揚起眉。

「是。」

「唉唷，假設一下嘛……」

「真的不知道，而且也不想去想，」我無奈地看著蕙儀，「或者等我有答案，或等我真的和哪個男生交往了，我們會帶那個人來認識妳，好嗎？」

「好。」蕙儀嘟了嘟嘴，「只是問問嘛。如果和他們有什麼新的發展，一定要第一個告訴我。」

「嗯。」我點點頭。

「記得。」

我再次點點頭，突然想到宇浩學長與于凱森之間的衝突，「對了，說到他們，我覺得很奇怪，于凱森對宇浩學長好像有點敵意，雖然宇浩學長一直說那是個誤會……總之，就是不對盤的感覺。」

蕙儀摸摸下巴，思考了一下我的話，「嗯……」

「怎麼了？」

「沒什麼，」蕙儀挪動了身子，看起來是在思忖些什麼，最後才開口，「其實于凱森以前跟王宇浩是非常非常好的朋友。」

「非常好的朋友？不會吧？」一時反應不過來，我瞪大了眼睛。

「他們兩個和幾個學長學姊感情很好，幾個人常常聚在一起，算是我們學校裡人人都知道的人物。」

「是喔……但為什麼現在會弄成這樣呢？」

「誰知道，他們不說，就沒人知道為什麼。」蕙儀想了想，停頓了幾秒，「記得他們那一群人解散的時候，我還問過王宇浩到底和于凱森怎麼了，但他什麼也沒說，開玩笑地罵我雞婆。」

「真的好奇怪。」

「對啊，就好奇到底為什麼鬧得這麼不開心。」

「也許只有他們自己才知道吧。」我嘆了一口氣，想起自己和湘湘之間也同樣回不去的友情。

「怎麼了？」

「沒什麼，只是想到和湘湘也鬧翻了的情況。」我苦笑了一下，「對了，這樣說起來，妳和于凱森也算是朋友呢。」

蕙儀想了想，「也許可以這麼說吧。」

「但從沒聽妳提過這號人物。」

「其實以前高中時，雖然我不算是王宇浩他們那群的，但是因為跟王宇浩太熟了，于凱森又跟他很好，所以我對于凱森應該是比認識再熟一點點。」

「嗯……」我想了想，很能了解蕙儀所說的，就像宇浩學長和我不是非常熟，卻也因為蕙儀和他的交情，好像比「認識」要來得好一點。

「大概就是這樣，別看王宇浩是系學會會長，很有領導才能的樣子，以前在高中的時候，他們那一群其實是以于凱森為首的。」

「真的啊？」聽蕙儀說著，拋出問句的時候，于凱森笑著的臉好像也突然浮現在我腦海裡。

「是啊，騙妳幹嘛？」

「前幾天他們遇到的時候，有點針鋒相對的，真的很難想像從前這麼好。」

「……」蕙儀想了想，然後點點頭，但沒有說話。

「雖然言談之中，宇浩學長好像一直對于凱森表示這一切都是誤會，可是又好像是很難解釋清楚的誤會。」我嘆了一口氣，「只是，我想不透，既然宇浩學長在意他們之間的友情，又既然知道他們之間存在著誤會，為什麼不說清楚呢？」

「也許，他有他的理由吧。」蕙儀嘟嘟嘴，直接拿起電視遙控器轉台。

「真是奇怪。」

「雖然當時被我逼問，王宇浩沒說什麼，不過我大概知道是跟他們那群人裡的一個學姊有關。」

「學姊？」

「嗯，一個很漂亮的千金小姐，爸爸是幾間百貨公司的老闆。」

「哇，所以跟我認識的董蕙儀小姐一樣是千金小姐啊？」

「是啊！可是她是個很漂亮、脾氣又好的公主，脾氣這點就和我不一樣了。」

我噗哧地笑了出來，「難得有讓妳……俯首稱臣的對手。」

「當然。」蕙儀認真地點了點頭，「她可是當時我們學校公認的女神。」

「嗯……」我想了想，轉回剛剛的話題，「所以他們的事，妳都不知道為什麼？」

「詳細的原因真的不知道。」

「解鈴還須繫鈴人。」我抿抿嘴，又想起他們當時針鋒相對的樣子，心裡由衷地覺得若他們真的要冰釋前嫌，肯定還是要他們自己才能解決的。

也許……就像我和前男友、湘湘之間難解的習題吧。

當時幾個班上的好朋友也是想盡了辦法製造機會讓我們和好，但是在彼此都有不愉快的情況下，旁人再怎麼製造機會，只是讓身為當事人的我感到多餘以及反感而已。

「無論是什麼事，只要我逼問，王宇浩一定會把我想知道的答案告訴我。就唯獨這件事，他怎樣也不肯講。」

「也許有一天他想講，就會講了。」

「或許吧。」蕙儀笑了笑，「但是剛剛答應我一定要告訴我的事情可別忘了。」

「知道。」我白了蕙儀一眼，「我會記得。」

✳

和蕙儀聊了一下子，我們各自回到房裡：回房後，我洗了個舒服的熱水澡，原本想直接躺在床上睡覺，但是習慣了睡前一定要整理隔天上課要用的東西，又從床上爬起，除了把今天包包裡的課本拿出來，也把明天要上課的課本收好，直到確認完畢，才有一種可以入睡的安心感。

睡前整理書包這習慣是從小到大養成的，自從國小二年級忘了帶課本之後又忘了帶餐具，媽媽堅持不幫我送，讓我餓著肚子還罰站了兩節課，就逼不得已養成了這樣的習慣。久而久之，沒有把東西徹底整理一番，就好像一天還沒結束，準備等著失眠。雖然當時覺得好討厭，總覺得為什麼要被規定這麼麻煩的事情，晚上想睡覺還要先整理東西，但是後來漸漸懂事，由衷覺得這確實是個很良好的習慣，後來其實也覺得很謝謝當時狠下心的媽媽。

我拉上包包拉鍊，將包包放在椅子上，然後瞥見放在一旁封面髒污的作業，讓我想起今天的烏龍，以及于凱森很熱心地陪著我東跑西跑，還在我氣餒的想要放棄時，告訴我千萬別隨便放棄的經過。

想著今天一連串的經歷，我也想起了于凱森帥氣的笑臉，其實因為他那天對宇浩學長的態度非常令人討厭，所以我對他的第一印象並不好，而且一直覺得他就是那種沒事找事，甚至是愛找麻煩的無聊人士。但是沒想到現在對他的印象竟然有所改觀，發現他似乎沒有那麼討人厭，而且相處之後，感覺他這個人其實還算不錯。

所以要不是因為他跟宇浩學長彼此之間有不愉快的過節，他應該也不至於表現得這麼令人反感吧？

只是，他和宇浩學長若是一開始不對盤就算了，偏偏蕙儀說他們從前是很好的死黨。而且那天他們也提到什麼誤會不誤會的，那麼他們之間的「誤會」又到底是什麼呢？為什麼一直堅持真的是誤會的宇浩學長，被于凱森要求解釋清楚時，明明看起來很重視自己和于凱森的感情，但是卻又不願意說清楚？

實在是太奇怪了！

我躺在床上，一開始是思考著他們之間不合的原因。想著想著最後開始想起今天與于凱森搞定了作業的經過，也想起在吃牛肉麵時，他問我是不是被欺負了，告訴我不管對方是誰都會幫我的那些話。他眼神裡的認真與誠懇，不僅是讓當時的我感動，也讓此刻回想起來的我被滿滿的感動包圍著。

我轉身，拉起厚厚的棉被，雖然明知道這不過是個假設性的問題以及答案，卻沒想到腦海裡不斷重新播放他講這句話時的畫面。糟糕的是，我發現自己愈想，就好像愈沉浸在一種好像類似感動，但又難以形容的情緒裡。

我拿起手機，突然有種莫名的衝動想打電話給他，雖然這種衝動連自己都無法理解。因為……我打電話給他幹嘛？

再說，打給他又有什麼原因呢？難道我要說我因為他的話很感動，莫名其妙就有一股衝動想要撥電話給他？這樣講，未免也太奇怪了吧？只是，不這樣講，我又要編什麼理由呢？

嘆了一口氣，我發現儘管理智告訴自己別亂打電話才是明智之舉，但是我還是滑動了手機螢幕。只不過在輸入手機密碼的那一關，我熟悉地輸入平常的密碼時，連試了三次竟沒有成功。

正想試第四次，我才想起今天在吃牛肉麵時，于凱森把我的手機密碼改了的事……

不會吧？所以，必須等他幫我解鎖，我才能打電話嗎？

我轉了身，懊惱自己剛剛只顧著吃牛肉麵，竟然完全沒想到要他幫我解鎖的事情。坐起身，決定去問蕙儀有沒有辦法問到于凱森的手機號碼。拿著手機的我準備打開房門去找蕙儀時，握在我手中的手機竟然很巧地震動了起來，在震動之後響起好聽的鈴聲。

我很快地接起電話，「喂？」

「怎麼這麼快就接電話了？」

「喔，因為手機就在旁邊。」我說了謊，心想難不成要說我在十分鐘前有股衝動想打電話給你，卻發現手機的密碼被你改了這樣？

「還是正好拿著手機，卻發現忘了問我手機密碼而懊惱、不開心？」

沒想到竟然被說中一半，我抿抿嘴，想在腦海裡找個適當的藉口，卻在我還找不到漂亮的理由時，他就開了口，「果然被我說中了。」

「你又知道了。」我輕哼了一聲。

「所以，完全沒想到密碼這件事？」

「這是兩碼子事情。」我嘴硬。

「那我掛電話了。」

隱約聽到話筒那頭傳來的聲音好像變遠了些，「喂！」

「哈，真可愛耶妳！」

「無聊，密碼到底是多少？」

「好啦，五二〇一，五二〇一。」

「五二〇一……」重複了他所說的密碼，以加深印象。

「記下來了嗎？」

「嗯。」

「其實也不用特別記，妳只要記得這是個告白的數字就好了。」

「什麼意思？」

「我愛妳耶，這樣。」

「哈，確實好記多了。」我笑了笑，竟然沒有想到這麼普遍的數字含意。

「是啊，故意設定這個密碼，為了好記，也為了……」

「嗯？」

「為了表達于凱森對路子耘的曖昧心意。」雖然沒能看見他的表情，但是我可以感受到他是帶著大大的笑容說這句話的。

「于凱森，你真的很無聊。」停頓了一下，我只能說出這樣的話來回應他，但是把話說出來時，心裡卻有一種很奇怪的情緒，而且發現自己的心跳，好像有一點點加快速度。

「藉機告白不行嗎？」

我吸了一大口氣，但是又怕被他聽到而小心翼翼，「少來，就算今天是愚人節，這個玩笑也太低級了。」

「不是玩笑好嗎？我認真的。」

「好啦，所以密碼是五二〇一？」我又開話題。

「嗯。」

「那我試試看，謝謝你。」

「不會錯的。」

「嗯……那我掛電話了。」

「晚安。」

「晚安，」我瞄了一眼桌上的鬧鐘，「所以……你現在還沒回家？」

「還沒，大家玩得正開心。」

「是喔，那回家小心。」

「所以是在關心我嗎？」

「不是。」

「聽起來像是。」

「你真的很無聊耶！小心就對了，再見。」

沒等他說再見，我直接結束了通話，迫不及待地用他給的密碼解開手機鎖，並且將密碼改成原本自己慣用的那一組號碼，就將手機放在一旁，準備睡覺。

只不過，打算睡覺的我卻怎麼樣也無法入眠，雖然偶爾會想起今天和于凱森相處的經過，但是大部分時候就只是放空而已，只是奇怪的是，即便只是放空，腦子卻還是異常清醒，翻來覆去的。

大一下學期的生活，好像跟上學期又有點不一樣了。

雖然必修的課程學分是差不多的，但是每堂課的要求好像都來得嚴格一點，也或者是因為多了在學務處打工的工作，感覺上變得忙碌許多，熬夜的時間也似乎比大一時的更多一點。

把公文分類完畢，我將公文夾一一地放在各單位的信箱裡。正好將最後一疊給軍訓室的公文放進信箱時，正好看見正走進辦公室的宇浩學長：在我還來不及叫他時，他就已經先朝我打了招呼。

「宇浩學長，這麼巧？」我笑著，手上的公文不小心滑落在地。

「小心。」他蹲了下來，撿起掉在地上的三份公文，看了上面的單位名稱，幫我放進寫了軍訓室的信箱裡。

「謝謝。」我笑一下，對自己的笨手笨腳覺得尷尬。

「別客氣。」他聳聳肩。

「你怎麼會來這裡？」我站起身，好奇地問他。

「把開會的資料交給陳老師。」

「喔。」看了一眼宇浩學長手上的資料，這才想到身為系學會會長的宇浩學長，本來就應該會常往學務處跑，「都忘了學長是系學會會長了。」

「是啊。」

「我還想怎麼這麼巧會在這裡遇到，我好蠢。」

「這也算是巧遇。其實我原本是上午就要拿過來的，結果因為有些事情，拖到現在才過來。」

「喔，巧遇的概念。」我笑了，突然想到前幾天蕙儀提的「緣分」。

「既然巧遇，等等一起去吃個冰，要不要？」

「吃冰？」

「嗯。」他露出很好看的笑容，看了手錶一眼，「打工到幾點？」

「今天到四點。」

「現在兩點五十分，時間差不多，那我等妳。」

「還滿久的耶……」我苦笑了一下，瞄了一眼一旁的打卡鐘。

「我順便跟陳老師聊一下事情。」

「喔，好。」

「等等來找妳。」

「喔。」

學長笑著，拍了拍我的頭，「還是妳有其他的事情，或者很不願意和我去吃冰？」

我又苦笑了一下，揮了揮手，「沒有。」

「不然，臉上有點為難的表情是為什麼？或者還有什麼工作做不完，我可以幫妳？」

我尷尬地摸摸自己的臉，暗自罵自己為什麼讓宇浩學長發現了什麼，「不是，我只是原本想去書店買點文具的，不過其實也沒關係，改天再去就好。」

「喔，原來是這樣，」學長又笑了，「那吃完冰，我陪妳去吧，我正巧也想買些文具。」

「真的？」我睜大眼睛，覺得這實在是很棒的巧合。

「嗯，所以一起去吧。」

「太棒了！」

宇浩學長看著我，哈哈地大笑了起來，我搞不懂他為什麼大笑，疑惑地看著他，也正好看到剛走進學務處的兩個女同學往我們這邊看過來。不知道是因為認識宇浩學長，還是因為宇浩學長爽朗的笑引來她們的注意。

「學長！」其中一個長頭髮的女孩朝宇浩學長揮揮手，走到我們面前。

「筱琪，也來找陳老師？」

「是啊，學長也是？」這個叫筱琪的女同學先看了我一眼，然後帶著好看的微笑看學長。

宇浩學長晃了晃手上的資料，「是啊。」

「那等一下還有課嗎？」

「沒有了。」

「那……」她停頓了幾秒，然後抬起頭，再次開口時又看了我一眼，「我們晚上一起去吃陳老師上次講的火鍋？」

「改天吧。」宇浩學長很直截了當地拒絕了她，「等一下要去吃冰，還要買點東西。」

「喔。」有一種尷尬爬上了她的臉，她擠出有點勉強的笑容，「改天。」

「嗯，改天，我們去找陳老師吧。」宇浩學長點點頭，看著我，「子耘，我們先去找老師了。」

「快去吧。」我指向陳老師座位的方向說著。

「筱琪、資均走吧。」

「好。」眼前這兩位女同學點點頭，跟在往陳老師座位走去的宇浩學長後面。只是那個叫筱琪的女同學往前走兩步之後突然停下腳步，轉過身面向我。

「妳不是宇浩學長的女朋友吧？」

「啊？」我皺著眉。

「妳不是學長的女朋友吧？」另一個短髮的女同學搶先開了口。

「當然不是。」我急著否認。

「那就好。」她點點頭，似乎因為我給了一個令她滿意的答案而露出笑容。

「嗯……」我抿抿嘴，拿起桌上的文件。

「所以，妳暗戀他？」她接著又問。

「暗戀？哈，我……」

「在聊什麼？妳們認識？」宇浩學長走了回來，站在那兩位女同學背後，打斷了我沒說完的話。

「學長，沒有啦……我們不認識……」筱琪和她朋友對看了一眼，然後緊張地轉身，「只是問問在這裡打工多久，好像之前沒見過。」

「原來如此。」

那個叫資均的女同學笑著，「我們快去找陳老師吧。」

「嗯。」學長點點頭，隨即看著站在她們後面的我，「子耘，等會見了。」

我揮揮手上的文件，點點頭。

因為已經把今天的工作做完了，我回到工讀生的座位，看著昨天從圖書館借來的推理小說打發時間。在我正融入推理小說的重重疑點，猜測到底誰是凶手時，放在背包裡的手機正隱約地發出悅耳的鈴聲。

我緊張地從背包裡拿出手機，連來電者是誰都還沒看清楚，就即刻按下了接聽，「喂？」

「路子耘？」傳進耳裡的是溫柔好聽的聲音。

「是的，請問你是？」

「妳怎麼這麼小聲？在上課？」電話另一頭是于凱森，他也跟著我小聲地說。

「我在學務處打工，辦公室裡都很安靜。」

「原來如此，那幾點下班？」

「四點啊。」說著，我瞄了電腦螢幕右下角的時間顯示。

「那我等一下去學務處找妳。」

「找我？」因為太驚訝，忘了控制音量，我看見一位男老師正好奇地往我的方向看，害得我只好尷尬地給了一個抱歉的微笑，「于凱森，你來找我幹嘛？」

「探班啊。」電話裡的他用爽朗的語氣說。

「神經喔。」我用手摀著嘴，盡可能小聲地說。

「四點在學務處大樓門口等妳。」

「為什麼？」

「我突然想吃市區一家鐵板燒，陪我去。」

鐵板燒？陪他去？在學務處大樓門口等我？一連串的納悶湧上心頭，我突然覺得于凱森真是莫名其妙，於是我吸了一大口氣，然後開口。

「于凱森，你真的很莫名其妙。」

「會嗎？」

「你想吃鐵板燒，我不見得也想吃。」

「那妳想吃什麼？我也可以陪妳。」

「我沒有想吃什麼，再說，真有想吃的東西，我自己吃就可以了，不用你陪。」

「那今天妳陪我，改天我陪妳去吃妳想吃的。」

「于凱森！」

「四點，大樓門口。」

「喂！」因為擔心他掛了電話，我急忙叫住他，隨即又發現自己的音量過大，再度引起那位男老師的注目，尷尬的我只好用唇語說了一句「抱歉」。

「我還沒掛電話。」

「都是你，害我又被老師注意了。」

「哈哈，是喔！誰叫妳這麼激動。」他在電話那頭很開朗地笑著，「所以，可以嗎？陪我去吃鐵板燒。」

感覺得到他的語氣溫柔許多，我把原本想脫口說出「你很奇怪耶」這句話吞了回去，然後再次開口，「打工結束後，已經有約了。」

「有約？是打槍我的藉口嗎？」雖然沒看見他說話的表情，但我覺得自己仍然能看見他笑著說話的樣子。

「真的有約了。」

「跟男朋友？」于凱森的語氣飄得高高的。

「想太多了。」我笑了一下，猶豫著是不是該告訴他其實是要跟宇浩學長出去的事，但一想到他和宇浩學長之間的針鋒相對，我決定避重就輕地帶過。
「真的有約？」
「是。」
「不會是王宇浩吧？」
「呃……」他竟然猜中了，我暗暗吸了一口氣，思索著應該給他怎樣的答案。
「猜中了？」
「喔，」我嚥了嚥口水，「錯。」
「哈，我還以為是我的死對頭。」
「不是。」我再次撒了謊，但是為什麼說謊，我自己也弄不清楚。
「那改天再約妳。」
聽到他說的話，我笑了笑，「再說吧。」
「所以妳欠我一次。」
「什麼跟什麼啊？」
「哈哈，開玩笑的，那我今天不吃鐵板燒了，明天晚上六點，我帶妳去吃。」
「明天晚上……」

「一言為定。」

「我還沒答應。」我皺皺眉，小聲地說，突然覺得奇怪，為什麼要因為他的邀約而認真思考明天的行程。

「所以，妳不答應？」

「要去吃哪家鐵板燒？貴不貴？」

「祕密。」

「于凱森！」

「明天吃了就知道了。」

「喔。」

「明天六點，我在妳住處樓下等妳。」

簽退之後，我便和宇浩學長離開了學務處，體貼的學長還騎著他的機車陪我，先讓我將腳踏車騎回住處停車場，才載我前往他介紹的冰店吃冰。

從住處到冰店的距離不算太遠，騎機車大概需要十五分鐘左右。一路上宇浩學長都很專注地騎車，只有遇到紅燈或是好吃的店時，他才會稍微慢下來跟我說話或是介紹那家店有名的招牌餐點。

有幾次很尷尬，因為學長和我說話時，我沒仔細聽他在說些什麼，總是在他輕輕地拍拍我扶在他腰上的手時，我才回過神來，然後尷尬地再麻煩學長重複一遍。

宇浩學長後來問我是不是有什麼心事，或者課業壓力太重，所以心情不好。但我只是告訴學長我有點想睡覺才恍神了。

其實我不是想睡覺，也不是恍神，而是覺得自己對于凱森說謊的行為不可思議。

是啊！不可思議。

為什麼于凱森問我是不是跟宇浩學長有約時，我要對他撒謊呢？為什麼他問我是不是猜對時，我要給他否定的答案呢？就算他們兩個人真的是死對頭，但要跟宇浩學長出去也是我的自由，完全不需要顧慮他會有怎樣的情緒，為什麼我要這麼小心翼翼地顧慮于凱森的感受呢？

「怎麼無精打采的感覺，剛剛以為只是精神不好，但現在看起來好像有心事喔。」隔著桌子坐在我對面的宇浩學長笑著。

因為學長的話，才讓我從自己的世界裡回過神來。我尷尬地苦笑了一下，「對不起……」

「不會，我只是有點擔心而已，系上報告太多？還是有什麼心事？」

「沒有。」我搖搖頭，又隨便找了藉口，「只是有點累而已。」

「如果因為什麼事情心情不好的話，我很樂意聽。」

看著宇浩學長誠懇的眼神，在稍稍感動的感覺裡，好像摻雜了一些說了謊而覺得慚愧，「謝謝學長，沒事。」

學長點了點頭，然後指著我的冰，「怎麼樣？這家冰好吃吧？」

我舀起淋了煉乳和紅糖水的冰放進嘴裡，「好吃。」

「這家店是我們球隊公認最好吃的。」

「嗯，我們學校對面那間冰店實在差遠囉。」我笑著，再舀了一口，「回去一定要跟蕙儀炫耀一下，她肯定不知道這家冰店。」

「哈哈！」宇浩學長笑了笑，「恐怕妳要失望了。」

「她知道？」

「她不僅知道，而且是高中的時候就知道了。」

「真的假的？」

「真的，這家店的冰……她應該每種品項都吃過了。」

「可惡的蕙儀，竟然從來沒有跟我提過。」我皺皺鼻子，假裝生氣的樣子。

「她應該只是沒想到，她是個不會藏私的人。」

「嗯哼，但有這個機會我一定要好好罵她一下。所以，也是你帶蕙儀來的囉？」

「對，在我們讀高中的時候。」

「喔？」

「記得第一次帶她來是跟幾個死黨，後來有幾次是她吵著要我帶她來的。」

死黨？高中的時候？所以，學長說的死黨應該就是于凱森他們吧？我低下頭，盯著桌上的冰，猶豫是不是應該趁這個機會問問學長，他口中的死黨是不是包括了于凱森？然後再趁著這個機會，問問看他們之間到底發生了什麼誤會，搞得這麼不開心？

吸了一口氣，雖然覺得這樣有點好管閒事，但我不想看他們因為小誤會鬧翻，最後決定不管三七二十一地問個清楚。

「學長……」

「子耘……」

這麼巧！怎麼在我鼓起勇氣決定要問清楚的同時，學長竟然也在沉默之後開口。

「你先說！」

「妳先說！」

又是一個巧合！

「妳先說吧！」

看著學長臉上的表情，原想豁出去問個清楚的我，又喪失了剛剛的勇氣。我尷尬地揮揮手，「學長你說，我只是要說這冰真的很好吃而已。」

「下次再一起來，嚐嚐別的口味。」

我比了個手勢表示ＯＫ，「所以學長剛剛想說什麼？」

「沒什麼，只是想說這家店藏了很多……高中時候的回憶而已。」

「所以，學長高中的時候，常常跟死黨來這吃冰囉？」

「嗯，放學後。」學長給了我一個笑容，然後放下湯匙，看著左側的牆，「妳看這。」

順著學長指著的地方看過去，我看到牆上畫了一個小小的圈圈，在那個圈圈裡除了一個「友情常在」的字之外，還看到不同筆跡的字。

「我的簽名在這。」學長指著圈圈裡的「浩」字，然後指了指其他幾個字，「這些都是我每一個死黨的名字。」

「喔……」我看著那個鮮明的圈圈線條裡寫的名字，然後看到了「森」。

這個「森」，應該就是于凱森吧……。

那時候簽上名字的他，一定也把宇浩學長以及其他人視為自己最好的朋友。當時的他們，一定是抱著「友情常在」的心情以及信念簽上自己名字的吧？肯定沒料想到現在會因為某個誤會鬧僵了……

「那麼，現在和這群朋友……還有聯繫嗎？」

「有，偶爾在臉書上傳傳訊息，只不過要像從前一樣聚在一起，應該已經不可能了。」學長聳聳肩，深深嘆了一口氣，「記得妳受傷那天我們遇到的那個人嗎？」

「我知道他。」我猶豫了一下，決定告訴學長，「于凱森。後來發現我們修了同一堂課。」

「以前他也是我的好朋友，只可惜……好像回不去了。」

「是什麼誤會，不能說清楚嗎？」

「也許，就是真的回不去了吧。」

我用湯匙攪拌著已經差不多融化的冰，想著是不是該想想辦法讓他們能面對面溝通，但是當我想問學長究竟是怎麼樣的誤會時，突然有個熟悉的聲音傳進我耳裡。

「心情這麼好？到這裡吃冰。」于凱森站在我們座位側邊，面無表情地看著宇浩學長。

「你不也和朋友來這吃？你心情也不錯。」宇浩學長看了于凱森一眼。

「我原本就常來，只是我以為除了曉晴之外，妳不會帶其他女生來這家店。」于凱森用他低沉的嗓音說著，還瞥了我一眼。

「我也常來這家店。」學長放下湯匙，很平靜地回應了于凱森的話。

「阿凱，快啦！」已經坐定位的幾個人大聲地叫于凱森，其中一個女生是那天吃牛肉麵時遇到的短髮女孩。

「喔。」于凱森轉身對他們揮揮手，往前走了一步之後又停下來，轉身看著我，「所以……」

「嗯？」

「我其實猜對了吧。」他冷冷地笑了一下，便往他朋友的方向走去。

「學長，謝謝你送我回來。」

「不客氣，還好約了妳吃冰，才能在書店買到這些文具，」學長接過我的安全帽，放進機車置物箱裡，「不然平常上課、練球、系學會，忙得自己都沒時間到書店逛逛。」

「太誇張了，真的假的？」

「真的啊。」

「所以學長是託我的福囉？」

「沒錯。」

「下次要再添購文具時，我一定會問學長要不要一起去。」

「一言為定。」

「嗯，一言為定。」我給了學長一個微笑，「那我先上樓了，騎車注意安全。」

「會的，妳進去，我再離開。」

「學長晚安。」我揮揮手，轉身走到大門口，正在找背包裡的鑰匙時，學長又叫了我的名字。

「子耘！」

我轉身，納悶地看著學長。「雖然我不知道事情的來龍去脈，但剛剛阿凱說的話，是不是讓妳很在意？」

「啊？」

「因為從剛剛開始，妳似乎就有點悶悶不樂的。」

我低下頭，尷尬地苦笑了一下，想隨便找個理由交代過去，但抬起頭看見學長關心的眼神，又讓我不知道該怎麼把很爛的理由說出口，「喔……」

「沒關係，我只是關心而已，如果不想說的話，就別說了。」學長的笑容一樣很好看，卻好像摻雜了複雜的情緒。

我吸了一口氣，面對這樣的學長，實在無法繼續亂編理由，「其實也沒什麼，只是今天在打工時遇到學長，答應學長一起去吃冰之後，我正巧也接到于凱森的電話。」

「然後呢？」

「他問我要不要去吃鐵板燒，我跟他說我有約了。」

「這樣啊。」學長點點頭，用淡淡的微笑回應我。

「但後來，他問我是不是跟學長有約時……」我吸了一口氣，「我否認了。」

「原來如此。」

「其實仔細想想，說是跟你有約也無妨，但就是不知道為什麼當時的我要給他那樣的答案。」我苦笑了一下。

「嗯……」

「今天很抱歉，因為實在很納悶為什麼自己要撒這樣的謊，所以心情有點怪怪的，對不起。」

「沒關係的，很高興妳告訴我這些。」

「這樣說，我反而更不好意思了。」

學長拍拍我的頭，低下頭看我，「我想妳一定是被我們那天的態度嚇到了，才不想讓阿凱知道。」

我看著學長的眼睛，他的話讓我放心許多，「大概吧，但我還是覺得這樣說謊的自己很糟糕。」

「別想太多。」

「嗯。」我呼了一口氣，「難怪大人總說，說了一個謊要用一百個謊來圓……而且我還沒想到一百個謊言，就被人當場抓包。」

「哈，別放在心上，而且……」

「而且什麼？」

「憑我對阿凱的了解，他不會在意這種小事情的。」

「真的嗎？」我擔心地問宇浩學長，突然想起于凱森剛才冷冷的表情。

「嗯，我確定。」

「希望如此。」我笑了笑。

「不過，妳似乎很在意阿凱。」

「不是的。」我揮揮手，急忙否認。

「哈，我開玩笑的。」學長笑了，又拍拍我的頭。

「那我先上樓了。」

側躺在客廳的沙發上，看著電影台正播放的某部愛情電影，記得這部戲剛上映時，我曾經和前男友以及湘湘蹺了一堂補習班的課，到電影院觀賞。當時因為女主角正巧是我和湘湘喜歡的青春玉女偶像，所以在上映前，我們就很期待這部電影。記得當時前男友還說我和湘湘喜歡的男女偶像怎麼幾乎都一樣時，湘湘還笑著說也許她和我喜歡的男生的類型也會雷同。

那時候，我們都覺得喜歡同樣的偶像以及喜歡同類型的男生，是感情好的象徵，現在想想卻覺得很諷刺。

我拿起遙控器，隨意轉了一個頻道，然後抓起抱枕，躺著看向客廳的天花板，不自覺想起今天在冰店遇到于凱森時，他說他猜對了的表情。

我坐起身，拿了放在茶几上的手機，解開螢幕鎖，想撥電話給于凱森。但是連續撥打了兩通電話都沒人接聽，最後轉進了語音信箱。

他是故意不接我電話的嗎？還是還在聚會、在忙呢？我盯著手機，猶豫是不是應該打第三通。當我決定再次按下撥號鍵時，突然聽見蕙儀喊我的名字。

「路子耘同學？」蕙儀修長又漂亮的手掌在我眼前揮著。

「妳回來囉？」

她將名牌包包放在沙發，一屁股坐在我旁邊，「妳在發什麼呆啊？」

「喔……沒有啊。」我尷尬地把手機放回茶几。

「才怪，明明就看妳不知道拿著手機發什麼呆。」

「沒事啦！」

蕙儀哼了聲，拿起我的手機，熟練地輸入密碼，看了看手機螢幕，「于凱森？撥出時間……剛剛。」

「董蕙儀！」我嘟著嘴，搶回我的手機。

「所以，他沒接電話？」

我無奈地看著蕙儀，點點頭，「嗯。」

「為什麼這麼急著找他？」

看著蕙儀一副一定要問出個所以然的表情，我嘆了一口氣，把今天在學務處開始到剛剛遇到于凱森的經過，一五一十地告訴蕙儀。

「剛剛王宇浩真的這麼說？」

「妳問的是哪句話？」

「他說妳好像很在意于凱森。」

「嗯。」我苦笑了一下，「雖然在學長面前我否認了，但是想一想，我真的不知道自己究竟怎麼了，好像莫名其妙地撒了一個謊，可是明明沒有撒謊的必要。」

「也許是礙於他們的關係吧。」

我驚訝地看著蕙儀，「妳怎麼和學長說的一樣？」

「是啊，但是我想，妳之所以會考慮到他們之間不開心的關係，也許跟妳在乎王宇浩……或是在乎于凱森有關吧！」

我正好拿起水杯喝了一口水，因為蕙儀的話差點嗆到，把水噴了出來，「咳……」

蕙儀接過水杯，並且將杯子放在茶几上，「還好吧？」

「嗯……」我又咳了咳，「真的是像妳說的這樣嗎？」

「不然，不在乎他們，為什麼要撒謊？雖然這並不是什麼天大的謊言，但我覺得會這樣拐彎抹角的，不是因為在乎是什麼？」

「唉，或許真的像妳說的，或許就是因為有一點在乎才會這樣吧。」我嘆了一口氣，「但是……明明認識沒多久，我為什麼要在乎他們？」

「這我可不知道，要問妳的心。」蕙儀抬高了眉，指著我的左胸。

「我不知道。」

「那就算了，別急著找答案，也許慢慢就會知道了。」

「什麼意思？」

「利誠在追我的時候，我以為自己不喜歡他，但是隨著自己對他愈來愈在乎，我才發現原來自己是喜歡他的。」

聽了蕙儀的話，我想我懂蕙儀要表達的是什麼了。

高中時，原本我就和前男友是很好的朋友，有一天發現自己對他愈來愈在乎，漸漸地才發現原來那是一種深刻的喜歡。

「可是……」

「可是什麼？」

「我承認，他們都像妳所說，是不可多得的天菜，在很多時候是滿吸引人的。我也承認，和他們相處都很開心，只是……那可以算是……」

「那就是異性相吸的好感。」

「是這樣嗎？」

「嗯。」

本想再說什麼，但是茶几上的手機突然響了起來。蕙儀立刻拿起手機，交給我之前還偷看了螢幕上的來電顯示。

「于凱森。」蕙儀睜大了眼睛。

「是他？」我伸出手，示意蕙儀將手機交給我。

「等到哪天，妳發現自己特別在乎誰的時候，妳就知道自己這樣的心情因為喜歡了。」蕙儀甜甜地笑著，將手機交在我手上，說了這樣一段話。

我點點頭，看著蕙儀回房間去的背影，然後按了接聽，「喂？」

「找我嗎？」于凱森的聲音很開朗，和稍早在冰店說話的語氣有天壤之別。

「嗯，我以為你不想接電話。」

「確實會有不想接電話的時候，但是妳的來電，我一定會接的。」

心裡隱約因為他的話而有點開心，「但剛剛沒接。」

「因為我在騎機車。」

「喔……」我挪動了身子，把抱枕放在一旁。

「所以，找我有事？」

「嗯，我想跟你說……」

「等等。」電話那頭的他打斷了我的話。

「喔。」

「五分鐘後，妳下樓吧！」

「什麼？」

「不是有話跟我講？」

「可是我可以現在講。」我停頓了一下，「你聽我說……」

「等等，我手機沒電了，五分鐘後，在妳住處樓下等妳。」

「什麼？」

「我正好在妳住處附近，待會兒見。」

「喔。」莫名其妙地掛了電話，我立刻站起身，拉掉綁著馬尾的髮圈，跟蕙儀說了一聲，拿了鑰匙後，便衝下樓去。

「你已經到了！」我笑了，走到坐在涼椅上的他面前。

「剛剛說啦，我就在附近。」

「是喔。」

「嗯，剛去上一條街跟朋友拿資料。妳也坐吧。」他指著他旁邊的空位。

我笑了笑，走到他旁邊坐下，「嗯。」

「找我，要跟我說什麼？」
我呼了一口氣，抿抿嘴，猶豫應該怎麼開口，「呃……」
「我有這麼恐怖嗎？害妳不知道怎樣啟齒？」
聽了他的話，我噗哧地笑出來，「你就是這麼恐怖。」
「嗯，那我先走了，免得嚇壞良家婦女路子耘。」他聳聳肩，竟然真的站起身。
「喂！」我急忙抓住他的手臂。
他帶著笑意看我，「所以想說了？」
我呼了一口氣，「對。」
他點點頭，坐回位置上，「要說什麼？」
「就是……今天的事。」
「嗯？」
「我不是故意隱瞞的，對不起。」
「這件小事，值得妳連打兩通電話給我？」
「其實我還想打第三通的。」我皺皺鼻子，消遣自己。
看著我，他哈哈地笑了，「這只是小事情而已。」

「這麼好笑喔！」我瞪著他，發現他有稜有角的側臉，真的很好看。

「只是有點驚訝妳會因為這件事情打電話。」他看著我，眼角還藏著笑意。

「其實我也不知道為什麼……」把視線從他的側臉移向前方，想起剛剛蕙儀說的話。

「嗯……」

「雖然後來宇浩學長要我放心，他說根據他對你的了解，你不是會為這種小事不高興的人。」

「這傢伙倒是挺了解我的。」

「所以，其實你們可以……」

他揮揮手，打斷了我的話，「我不想提他。還有，雖然覺得是小事，但是妳特地打電話給我，我滿高興的。」

「什麼？」我疑惑地看著他。

「代表妳很在乎我。」

「無聊，自大狂。」雖然嘴裡罵了他，心裡卻很驚訝他和蕙儀的說法竟不謀而合。

「還是我在冰店的態度嚇到妳了？」

「或許吧！」我停頓了幾秒，腦海裡浮現他在冰店時那種冷冷的表情，「凶巴巴的，好欠揍。」

「那不是針對妳。」

「但那時候我真的以為你在不開心。」

他笑了一下，「誰叫妳要隱瞞。」

我瞪了他一眼，沒有說話。

「總之，我沒有放在心上。」

「嗯，對不起。」我還是說出了自己心中的抱歉。

「忘掉這件小事吧。」

「好，謝謝你。」

「不過下次別再因為王宇浩那傢伙騙我就好。」

「好啦。」我瞪了他一眼，點點頭，「于凱森……」

「嗯？」

「也許這樣問，你會不高興……」

「那就別問。」他也看著前方，好像早就猜到我想問的事。

我站起身，吸了一大口氣，走到他面前，低著頭看他，「你知道蕙儀吧？」

「董蕙儀？知道。」坐在涼椅上的他，微微抬起頭看我。

「她告訴我，你和宇浩學長曾經是很要好的朋友，今天我也在冰店的牆上看見了你們的簽名，但是……為什麼現在的你們會變成這樣？」

「我不想討論這個話題。」

「于凱森，如果只是誤會的話，把誤會說清楚不就好了嗎？」

「不把所謂的誤會講清楚的人是王宇浩，不是我。每當我問他，他就說事情不是我想的那樣，一切都是誤會。既然他說是誤會，又不願意把事情說清楚。他曾說過不希望我們的友情變成這般田地，但就是不把事情說開。」于凱森站了起來，「是他叫你問我的嗎？」

我抬起頭，「不是的，我只是認為，如果只因為誤會就讓友情破裂太可惜了。」

「妳不懂。」

「我當然懂。」

「妳不會懂的。妳以為我喜歡和自己的好朋友鬧成這樣嗎？」他低頭看我，眼神似乎藏了很複雜又失望的情緒。

「我懂。」我瞪著他。

「我累了，我先走了。」說完，他轉身準備離開。

「于凱森！」我往前跟上他，伸手抓住他的手臂，「你怎麼知道我不懂？」

他轉過身，看著我，「喔？」

「因為誤會而破裂的友情，只要說開，也許就能盡釋前嫌。但是我遇到的狀況，卻不是誤會……你知道這才是最令人難過的嗎？」

「什麼意思？」

「如果存在於你們之間的只是誤會，為什麼不講個清楚？」我看著他，「高中時，我最要好的朋友和我的友情徹底破裂了，但那是再怎麼解釋也沒用的情況。」

「所以，妳們之間怎麼了？」

「沒什麼啊，就只是我前男友告訴我，我的好朋友才是他的真愛而已。」

「路子耘……」

我吸了一口氣，突然覺得鼻子酸酸的，眼眶熱熱的。怕被他看出我的異樣，我只好假裝吸吸鼻子低下頭，「好啦，沒事了，我先上樓。」

「等等……」他往前走一步，一手拉住我的手，微微低頭看我，「對不起，害妳想到這些事。」

我吸吸鼻子，擠出一個微笑，「沒事。」

「對不起。」

「沒什麼。」我又笑了，但我想應該一樣難看，「我上去了。」

他一樣沒放開抓著我的手，低頭看我，下一刻突然地抱住了我，「我不是故意讓妳想起傷心的往事的。」

被他緊緊抱住的那一瞬間，我的心臟先是漏了拍，接著竟然愈跳愈快，撲通、撲通、撲通。

「于凱森，你幹嘛？」

「對不起……」于凱森輕輕碰了碰我的頭，突然停下動作，往大門口的方向看著。

我從他的懷抱中退開，好奇地往大門口看去，看到宇浩學長正站在不遠的地方看著我們。

宇浩學長是什麼時候站在大門口的？他看到于凱森突然抱住我的那一幕了吧？這麼尷尬的事情，等一下應該怎麼解釋？

我正想著該怎麼化解眼前的尷尬時，學長已經走到我和于凱森面前。

「子耘，妳買的文具被我帶走了。」也許為了讓我不那麼尷尬，學長露出和平常一樣的微笑。

「哈，是喔……我剛剛竟然都沒發現。」我接過學長拿給我的紙袋，「謝謝。」

「不客氣，那我先回去了。」

「路上小心。」

學長點點頭，看了和他差不多高的于凱森一眼，沒有說任何話，就直接離開了。

「被他看見，不會怎麼樣嗎？」看到宇浩學長，于凱森又變得像刺蝟一樣，表情冷冷的。

「什麼意思？」

「被喜歡的人親眼看到妳被他的死對頭抱著，不需要解釋嗎？」于凱森對我說，目光卻放在宇浩學長的背影上。

「于凱森！」

「幹嘛？」

「難道你是因為早就看到學長，才故意……這樣的？」因為難為情的關係，我沒有把「抱我」兩個字說出口。

他想了想，「如果我說是呢？」

我瞪著他，反問，「所以是囉？」

「當然……」他笑著。

看著他的笑容，我忍不住掄起拳頭，想往他的臉揮過去。

他把沒說完的話說完，「不是。」

我的拳頭停在他的面前，「真的？」

「真的，雖然我知道這樣會讓他不好受，」于凱森的笑容很誠意，「但我不至於這麼沒品。」

「你又知道他會不好受。」我反駁。

「根據我對他的了解，我知道他會不好受。」

「賣關子。」

「我不是賣關子，我只是覺得……」

「覺得怎樣？」

「告白這種事情，任何人都想自己開口，所以他不會想要我幫他告訴妳的。」于凱森笑了一下。

「什麼啦！」我皺著眉頭，不太高興地看著于凱森。

「沒事，以後妳就懂了。」于凱森抿抿嘴，「妳快上樓吧，我先走了。」

「嗯，再見。」

「路子耘。」

「幹嘛？」

「對不起，讓妳想起不開心的事情。」

因為他的道歉，因為他誠懇的表情，我突然有種奇怪的感覺，剛剛想起湘湘時的難過心情一下子煙消雲散，「不會，是我一時忍不住。」

「對了，明天晚上六點，我預約了鐵板燒。」

「鐵板燒？」

「今天被妳打槍時，我們說好的。」他比了個槍的手勢，笑著。

「打槍……」我翻了翻白眼。

「明天再聯絡，我載妳。」他溫柔地笑著，「晚安。」

「晚安。」我揮揮手，轉身走向大門的方向。

「看來，剛剛有滿精彩的戲喔！從實招來。」敷著面膜的蕙儀坐在沙發，像個管家婆似地質問我。

「哪有。」我坐在一人座的沙發椅。

「剛剛王宇浩來電，我跟他說妳下樓了，他好像要拿什麼文具給妳。」

「喔……今天一起去買的文具，我忘了。」我晃晃手上的紙袋。

蕙儀撕下面膜，用還很濕潤的面膜擦拭著自己的脖子、手臂，「為什麼于凱森會突然抱住妳？」

「妳怎麼知道他……」

「我擔心王宇浩沒遇到妳，所以剛剛從陽台往下看啦。」

「偷窺狂。」

「我是關心。」蕙儀理直氣壯。

「嗯哼。」

「所以他剛剛是跟妳告白囉？」

「不是啦！妳太誇張了，偶像劇看太多。」

「不然他幹嘛突然抱妳？」

「不是妳想的那樣，」我深深地嘆了一口氣，「因為聊到他跟宇浩學長的事情有點不太高興，所以我才提起自己和湘湘的事，有點控制不住，然後我哭了……」

「所以他就情不自禁地抱住妳？」

「不是！」

「不然是怎樣？」

「應該是想安慰我吧。」

「這麼深情的安慰？」

我瞪了蕙儀一眼，「真的不是妳說的那樣，雖然我也搞不清楚當時到底是什麼狀況。」

「太曖昧了。」

「其實在那個瞬間，我發現自己的心跳好像漏了拍，回過神來，我才發覺到心臟跳得好快。」

「被天菜電到了吧？」蕙儀眨眨她的右眼，很曖昧地問我。

「我不知道。」

「肯定是電到了，」蕙儀伸出食指指著我，認真地說著，「不然妳怎麼沒推開他，妳說對不對？」

「嗯……」我想著蕙儀的問題，覺得確實也有點道理，今天如果是一個我不喜歡的人靠近我，就夠讓我覺得不舒服了，更別說是突然莫名奇妙地抱住我的舉動，「真的不知道……連我自己都疑惑了。」

「好，不逼問妳，反正感情這種事情本來就是順其自然的。」

我苦笑了一下，腦子裡還是想著蕙儀剛剛的問題。

也許旁觀者清，也許蕙儀比我還了解自己……是啊！如果我對于凱森真的沒有好感，對他這種莫名其妙的舉動，當下一定會狠狠推開他的。但是當時我不但沒有做出這樣的反射動作，心臟還撲通撲通地跳得好快，腦子根本無法思考。現在聽了蕙儀的話，冷靜地想想，回想起當時的感覺，確實有點不尋常。

「其實……」我微瞇著眼，看著蕙儀，「妳不可以笑我喔。」。

「嗯哼。」

「早一點的時候，妳問我有沒有特別在乎誰，現在冷靜地想一想，我發現對他的感覺……」

「嗯？」蕙儀睜大了眼睛，一副很期待從我口中聽到什麼的樣子。

「對他……好像真的有點點不一樣。」

「我就說吧！」

「也許還不到喜歡，但好像真的有那麼一點點好感……而且也比對普通朋友的在乎再多一點。」我想了想，最後把心裡那種難以形容的情緒一一說出口。

「我就知道，妳這遲鈍鬼。」

我苦笑了一下，「也許只是一時被天菜迷惑吧。」

「哈，天菜魅力無法擋，以前高中時就有很多女生超迷戀于凱森的。」

「真的喔？」

「當然，不過我的青梅竹馬王宇浩也不遑多讓喔。」

「嗯……」

「所以，我也要替王宇浩加點分數，雖然我和于凱森不太熟，無法公正地做出評比……」

「等等，什麼評比！」我打斷了誇張的蕙儀。

「反正我不能拿他們兩個來比較，但是我也要告訴妳，其實王宇浩也是很有魅力的，外表不用說，脾氣、個性都很棒。」

「感覺得出來。」我點點頭，很認同蕙儀的話。

「一樣那句老話，突然哪一天發現自己對誰有好感時，記得第一個告訴我喔！」

「當然，我不告訴妳要告訴誰。」我笑了笑，又想起剛剛那個擁抱。

「知道就好，」蕙儀點點頭，睜大眼睛看我，「怎麼總覺得妳有心事？還是我誤會了？」

我嘆了一口氣，看著蕙儀，「應該也不是什麼心事……」

「不然呢？」

「我只是覺得……」我抿抿嘴，思考應該怎麼把這件事情表達出來。

「快說！」蕙儀換了個姿勢，認真地看著我。

「其實我覺得我跟于凱森之間並不是曖昧，應該是因為他一直誤以為我和宇浩學長正在交往……」

「什麼意思？」蕙儀眼睛骨碌碌的，拋出問句之後又隨即開口，「我懂了！妳的意思是說……于凱森是看見了王宇浩，才故意抱住妳，想讓王宇浩不高興？」

我看著冰雪聰明的蕙儀，無奈地點點頭，「我覺得是。」

「不會吧！這也太電視劇情節了。」蕙儀驚呼。

「我就是這麼覺得……但是後來我問他，他不承認。」

「那就對了，他應該不會這麼惡劣吧。」

我聳聳肩，「我不知道，但心裡就是有這樣的想法……」

蕙儀思考了一下，點點頭，「不然找個機會再問他？」

「再看看囉。」

「別想太多啦！」

「好啦，妳快去洗澡吧！」

在于凱森莫名其妙抱住我的隔天，我們一起去吃了他讚不絕口的鐵板燒，相處起來還算自在，好像前一天那個擁抱根本沒有發生過。我沒有主動說，他也沒有特別提起，要出門前，我一直揣摩自己應該用怎樣的態度面對他，現在感覺起來似乎是多餘的，因為這樣的相處讓我很安心。

吃完鐵板燒之後，有將近兩個星期的時間沒有見到他。上一次是通識課的教授請假調課，而這一次則是他翹了課，雖然偶爾晚上他會打電話或是傳訊息給我，我們會聊上一段時間，但是原以為今天會在課堂上看到他的自己，卻發現心裡好像有那麼一點點的小失望。

結束了必修課程，我背起背包，站在也背起背包的蕙儀身旁，「走吧！」

「嗯，等一下陪我去找王宇浩。」

「唔？」

「我去跟他拿一下邀請卡，免得我媽又要唸我了。」

「什麼邀請卡？」

「他爸的公司有個什麼晚會，邀請我爸媽參加。」

「喔……」我跟在蕙儀後面，走出了教室，直接往系學會的辦公室走去。

一走進系學會辦公室，就看見學長很專注地盯著電腦打資料，直到蕙儀喊了第二聲，宇浩學長才回過神，給了我們一個微笑之後，從他的抽屜裡拿出一張邀請卡。

「妳再不來拿，董媽媽就要殺過來了。」宇浩學長笑著，把手上看起來很精緻的邀請卡遞給蕙儀。

「我也是怕她殺過來，才趕快來拿。」蕙儀吐吐舌。

「所以過兩天要回家？」

「對，我哥今天剛回國，說找一天全家人要聚餐。」蕙儀聳聳肩，「我媽還問你要不要一起來？」

「不了，最近有好幾份報告要趕。」學長聳聳肩，無奈地指了指電腦。

「嗯，好啦……原本想說你一起去，有你在，我比較不會被嘮叨。」

「認真面對吧！」

「哼。」蕙儀聳聳肩，不以為然。她的手機正好響起，便走到外面去接電話。

「哈，蕙儀就是這樣，每次家庭聚會就老愛抓著我一起去。」

「擔心媽媽又叫她休學到國外念書？」

「對啊，誇不誇張？」

「還滿有趣的。」

學長笑著，放在一旁的手機竟然也響了起來。他按了接聽，只說了一個「好」字，就掛斷了電話。

「妳的好朋友董蕙儀，說妳怎麼不接電話。」

「喔？」

「她要妳在這等一下，她先去機械館找利誠拿個東西。」

「嗯，公主的指令，我不敢違背。」我抿抿嘴，無奈地聳聳肩，拉了一旁的椅子，坐在學長右手邊。

因為我的話，學長笑了笑，然後站起身從角落的小冰箱裡拿出一瓶柳橙汁，很貼心地幫我扭開瓶蓋，「喝個果汁吧。」

「謝謝。」我接過冰冰涼涼的柳橙汁放在一旁，拉開椅子坐下。

「我先趕個資料，那邊有些書……但很枯燥乏味就是了。」

聽了宇浩學長的介紹，我噗哧地笑了出來，「這樣介紹系上財產，好像有點說不過去。」

「是這樣沒錯，但是是千真萬確的，連我自己都沒看過幾本。」

「真的假的？」我微微挪動身子，往後看了書架上的書，確實都是有點乏味的參考書，「好像真的是，不過……」

「嗯？」學長揚起眉，驚訝地看著我。

「像學長這種感覺讀很多書的人，也會覺得枯燥乏味？」

「當然，別把我想得太有書卷氣。」

「哈，才不是呢！是聽蕙儀說過學長從小就愛讀書，不管什麼類別的書都看。」

「蕙儀太誇張了，不過也難得會說我好話。」

「可別這麼說！」我揮揮手，「雖然蕙儀常常和你吵來吵去地鬥嘴，可是在我面前，她可是很稱讚學長的，她還說學長是不可多得的……」

「什麼？」

「天菜。」我笑了。

「哇！董蕙儀什麼時候這麼良心發現？」學長停下原本敲打著鍵盤的手，揚起眉帶著滿滿笑意看著我。

「所以，蕙儀還是很以你這青梅竹馬為榮的，不然怎麼會拍胸脯掛保證說你是天菜呢？」

「那妳呢？」

「我是小草。」我笑了笑。

「我不是要問這個，而且……路子耘怎麼可能是小草。」

「我當然是小草，小公主身邊的小草。公主身邊不是都會有一些這樣的角色？」說完，我哈哈地笑了。

「怎麼這麼說自己？」

「實話實說囉。」我眨了眨眼，「對了，學長要問的是什麼？說我怎麼樣？」

學長抿抿嘴，先是停頓幾秒，像在思考什麼一樣，「沒什麼。」

「喔……」

學長給了我一個微笑，但好像有點欲言又止。原本以為學長要開口說話，但是最後他只是把目光停留在電腦螢幕上，又開始打資料。

我趴在桌上，看著學長的側面，突然發現學長的側臉好看歸好看，但不說話的時候，好像有那麼一點點嚴肅，也許這就是屬於領導者的特質，有一種不說話就能讓人信服的氣質。

「怎麼了？好像在偷看我。」學長轉頭，帶著微笑看我。

學長的話讓我有點難為情，我移開目光假裝看別的地方，但其實只是欲蓋彌彰而已。

「怎麼了？」學長又問了一次。

「沒有，只是覺得……今天學長好像欲言又止有心事。」

「嗯……像妳那天一樣有心事？」

「沒錯！」我抬起頭，還假裝拍了一下手，「所以學長今天也像我那天一樣說了謊？」

他哈哈地笑了兩聲，「不是，我只是在考慮，是不是可以把心裡真實的感受說出口而已。」

「啊？」

學長放開她原本握住滑鼠的手，低下頭幾秒後才抬起頭來，用一種很不一樣的眼神看我，「其實，一直以來，對妳……」

「啊！」放在我面前的手機因為有來電而震動了，「我先接一下電話。」

「接吧！」學長苦笑了一下，把視線移回電腦螢幕，繼續輸入資料。

「喂？」

「路子耘，妳在哪裡？」于凱森的聲音。

「于凱森？你怎麼用別的號碼打來？」沒想太多，我喊出了他的名字，然後發現學長看了我一眼。

「這是我另一支手機的號碼。」

「喔……」

「今天的課到幾點？」

「已經沒課了。」

「那要不要一起吃飯？」

「晚餐？」我看了一眼手錶。

「七點，我在妳住處樓下等妳，好嗎？」

「改天好了，我今天應該會跟蕙儀一起吃。」

「改天？也好。」他思考了一下，「啊！對了！妳要不要喝果汁？我正好在那家要排隊排很久的店，順便幫妳買一杯？」

「不用啦！我現在還在系辦等蕙儀，他去找她男朋友拿東西，只是已經去了二十分鐘了還沒回來。」

「妳一個人？」

我抿抿嘴，看了學長一眼，這次決定實話實說，「還有宇浩學長。」

「喔。」雖然隔著電話，但我覺得自己好像感受到他深深地吸了一口氣，「那不打擾妳了。」

「幹嘛這麼說？」

「開玩笑的。」他輕輕說著，「原本以為兩個星期左右沒見面，妳會有點想我的，但感覺起來似乎沒有。」

「臭美，你這自大狂。」我皺起眉頭，用力地哼了一聲。

「既然如此……」

「嗯……」

「我還是找其他女生去吃飯、喝飲料，感覺比較實在。」

「于凱森！」

「哈，吃醋了？」電話那頭的于凱森半開玩笑地說。

「于凱森，你真的很有事。」

「開玩笑的，不打擾妳跟妳的完美學長相處，拜拜。」

「拜拜！」把手機拿離耳朵，我按下結束通話，將手機放回桌上。

「阿凱？」

「嗯。」

「約妳吃飯嗎？」

我看著表情好認真的學長，雖然覺得在他面前講這些有點尷尬，但想想如果隨便回答又更奇怪，我只好點了點頭。

「是啊。」

「感覺起來，妳跟阿凱好像滿熟的。」

「如果說和他滿熟的，又好像不是這麼一回事。其實有很多他的事情，我並不清楚。」我想了想，才再次開口，「不過和他相處起來，就跟學長一樣，很自在也很輕鬆，而且，是一種很舒服很開心的感覺。」

「是嗎？」學長笑了一下，但這個微笑好像不似平常那般開朗，像藏了一種淡淡的苦澀。

「嗯。」我假裝用力地點點頭，想讓學長開心一點，「沒有說謊喔。」

「我知道。」學長拍拍我的頭，然後移動滑鼠，把資料存檔後，將電腦關機。

「完成囉？」

「差不多了，回去再修改一下就好了。」

「嗯。」我看著正在收拾東西的學長，決定把心中的疑惑說清楚，「學長……」

「怎麼了？」

「雖然這麼問，好像我太多管閒事了點，」我吸了一口氣，「但是我真的覺得很可惜……」

「嗯？妳想說的，是我跟阿凱？」

我點點頭，微微挪動身子，看著學長，「蕙儀說你們曾是很好的朋友，可是為什麼現在你們會這樣針鋒相對、形同陌路？」

「只是因為誤會。」

「如果只是誤會，那不是說清楚就好嗎？因為誤會而絕交，怎麼想都不划算，為什麼學長不跟于凱森講清楚？」

宇浩學長將他的臉埋在他大大的手掌裡，沉默了幾秒才再次開口，「因為那個誤會的結，在另一個女孩身上。」

「什麼意思？」

「子耘，因為我答應過這個女孩要保密，所以我不能告訴妳。」

「即便讓你們變成這樣，也不能說？」因為有些激動，我的音調微微提高了。

「是。」

「這樣，那個女孩跟你還有聯絡嗎？說不定她已經釋懷，她根本就忘了要你保密的事。」

「在高中畢業之前，她出國了，沒有和我們之中的任何一個人聯繫。」

「如果可以，就盡量找她吧。」

「嗯。」學長拉起背包的拉鍊。

「如果你們可以把誤會解釋清楚，恢復以往的交情，就太棒了。」我笑著，「這樣一來，相信不管是學長或于凱森，一定都會很開心。」

「一定是的。」學長點點頭，終於露出平常的微笑，「所以妳希望我們和好，是希望阿凱開心，還是我？」

「嗯？」沒料到學長會這樣問我，我有點遲疑，但看學長講完之後立刻笑了出來，我才稍稍地放了心。

「開玩笑的。時間差不多了，我打電話問問蕙儀要回來了沒。」

「好。」我突然想起在接于凱森電話之前，學長沒說完的話，「對了！學長！」

「怎麼了？」學長從口袋拿出手機，按下通話鍵之前問我。

「剛剛于凱森打電話來之前，你想說什麼？」

學長尷尬地笑了笑，「我忘了。」

「我記得你說……什麼一直以來的……」

「真的忘了。」學長聳聳肩，「我先打給蕙儀囉！」

「嗯。」看著打電話給蕙儀的學長，我感覺學長不是忘了要說什麼，應該是不想說了。

*

「蕙儀，妳好慢喔。」我夾了一口青菜放進嘴裡，「在系辦等妳的時候，我的肚子叫得好大聲，是不是和利誠聊得忘我了？」

「才不是！」蕙儀吐了吐舌，「我是用心良苦。」

「什麼用心良苦？」

又盛了一碗飯回座的學長，貼心地問我們，「妳們還需要熱湯嗎？」

「不了，謝謝學長。」我揮揮手。

「我也不要！玉米濃湯熱量太高，最近利誠才說我變胖了，我要開始力行我的減肥計畫。」蕙儀指了指餐盤上的青菜。

「難怪最近吃這麼少！」

「當然囉。」蕙儀揚起眉，一副很開心的樣子，「對了，王宇浩，你剛剛有沒有把握我製造給你的機會？」

學長抿抿嘴，微微地笑著，「我沒有好好把握住。」

「為什麼？」蕙儀的語調高高地揚起，「你不是說要……」

「改天吧！」學長嘆了一口氣，「快吃吧，飯都涼了。」

蕙儀愣住了幾秒，然後才點點頭，「喔，所以……今天沒有說？」

「嗯。」

「你們在說什麼啊？」我納悶地看了看蕙儀，再看了看學長。

「沒什麼。」蕙儀和學長異口同聲，展現青梅竹馬的默契。

「喔……幹嘛排擠我？」

「怎麼可能排擠妳？」蕙儀拍拍我的肩，看我一副很認真的樣子，最後嘆了一口氣，「我好想說喔！」

「說什麼？」

「唉唷！」蕙儀咬咬下唇，「王宇浩，你要說還是我說，我真的好想講出來。」

「蕙儀！」

「好啦，子耘，其實我是故意製造機會給王宇浩，讓他把一些想講的話講出來。」

「什麼想講的話？」我把目光從蕙儀臉上移向宇浩學長的那張帥臉。

「就剛剛想講，但忘了的話。」學長抿抿嘴，「只是小事情，等我想起來了，一定跟妳說。」

「喔，好啊。」我點點頭，不再勉強學長。因為前一秒想說的話題，下一秒就忘了的經驗，其實我常常有。

「王宇浩！你確定不講？」

「嗯，改天吧。」宇浩學長連想都沒想，直接回答了蕙儀。

「啊，我接個電話。」放在桌上的手機突然震動。看到螢幕上的來電顯示是于凱森，於是我站起身走到店外才按了接聽，「喂？」

「吃飽了嗎？」

「嗯……正在吃。」

「所以王宇浩在妳旁邊？」

「呃……」原本想回答「對」的我，突然冒出一個念頭，「他吃飽先走了，這麼關心他？」

「不是關心他，我是擔心妳被他的帥氣拐走。」

「你真的很奇怪耶。」我輕哼了一聲，「那你吃飽了沒？」

「還沒，關心我了嗎？」

我暗自吐了舌，隨即又回到剛剛輕聲細語的說話口氣，「那要一起來吃嗎？大間的自助餐。」

「妳一人？」

我猶豫了幾秒，往店內看了一下，正好迎上學長往外看來的目光，於是我對他笑了一下，微微轉身，「還有蕙儀。」

「嗯……」

怕他有點猶豫，我趕緊再開口說話，「你不是這麼害羞的人吧？」

「當然不是。」他開朗地笑了笑。

「那就快來，你在哪裡？」

「我在學校停車場這裡。」

「那快過來。」

「哈。」

「笑什麼？」

「很少看妳這麼急。」

我抿抿嘴，又往店裡看了一眼，看見學長跟蕙儀好像已經差不多快吃完了，於是我緊張地問，「于凱森，你到底要不要過來？都快吃飽了。」

「好啦，這麼想跟我吃飯？」

「對，就是很想。」我嘆了一口氣，「可以快點嗎？」

「嗯，三分鐘後到。」

站在自助餐店門口，我掛了電話，等待于凱森。我一下看了看學校的方向，希望于凱森能夠快一點到，一下看了看店內的學長和蕙儀，希望他們吃慢一點。非常緊張的我，只希望趕快讓這兩個曾經是好朋友的人誤會冰釋。

我往前走兩步，往學校的方向看去，這才從前方的轉角處，看見正帥氣地騎著機車往我這方向過來的于凱森，沒多久便停在自助餐店門口。

「快吧？」

我假裝看看手錶，「慢了三十秒。」

「有嗎？誇張。」

他笑著，是開朗的神情，「幹嘛特別出來等？」

「我只是出來看看而已，快熄火。」

「好。」他熄了火，脫下安全帽，將安全帽掛好，「走吧。」

「嗯。」

因為有點擔心他臨陣脫逃，我假裝熱情地拉著他外套的袖子往店裡走，直到走到我們的座位前，他才跟著我停下腳步，然後稍微用力地掙脫了我的手，「所以其實不是妳特別想跟我一起吃飯，是嗎？」

還沒來得及回答他，蕙儀喊了我的名字，給了我一個「原來是這個把戲」的眼神，「一起來吃！」

「有個討厭的傢伙在，我不想消化不良。」于凱森睨了宇浩學長一眼，準備轉身。

「喂！」我趕緊抓住他的外套，但他絲毫沒有停下來的意思，繼續往前。

因為太激動而提高了音量，即便是在嘈雜的自助餐店裡，還是有幾個客人因此抬起頭來看我們，我對他們尷尬地笑了笑，然後趕緊跑到于凱森面前，「于凱森！」

他微微地吸了一口氣，低下頭看著和他身高有些差距的我，「怎麼樣？」

看見他冷冷的表情，我竟回想起第一次遇到他時，他跟學長說話時的冷酷表現，「既然還沒吃飯，也既然過來了，為什麼不一起吃一吃？」

「我剛剛說了，和討厭的傢伙吃飯，會消化不良。」

「于凱森！」我拉拉他。

「我很堅持。」仍然是那種冷冷的表情。

「為什麼要這樣？為什麼不為了你們的友情，給彼此一個機會？」

「我要走了。」

「于凱森！你需要這麼小眼睛小鼻子嗎？你那天不也是想問學長，想要他把誤會講清楚，也許我們三個人可以一起問學長，這樣的話也許……」

「路子耘……」他皺緊眉頭，表情更冷了些。

「嗯？」

他把目光移向別處後，又將目光看向我，看起來是在思考應該跟我說什麼，「剛剛在電話裡，妳用想跟我吃飯的藉口騙我過來，坦白說我已經不太高興了。因為是妳，所以我不想發脾氣，但如果繼續說下去，我想我會更不開心，我不想和妳有什麼不愉快，難道妳非得為了王宇浩那傢伙，逼我一定要跟他和解，鬧得我們之間這麼不開心嗎？」

「不是這樣的……」

「如果不是這樣，就別勉強我留在這裡。」他抿抿嘴，臉上的線條一樣很緊繃。

「其實……」

「講話有需要這麼不客氣嗎？」學長打斷了我的話，介入了我們之間。

「這麼不客氣，你心疼了嗎？」于凱森轉身看著宇浩學長，「別告訴我是你叫路子耘這麼做的。」

「你真的想太多了。」宇浩學長的語氣也不好。

「最好是這樣，我告訴你，如果你總是說是誤會誤會，卻始終不講清楚，那麼我們之間就是這樣了。」于凱森撂下最後一句話，繞過我身邊往門口走去。

我轉頭看著他的背影，又著急地轉身看學長，「學長，為什麼就是不能把你說的誤會告訴他？」

「子耘，我說過我答應過別人的。」

原本坐在位置上的蕙儀也走了過來，「王宇浩，既然你們之間的問題只是誤會，既然你也想和于凱森和好，就試試看說開吧。」

「對啊！解鈴還需繫鈴人。」

「再說吧！我會試著問問看這個誤會的主人。」

「嗯……」

「子耘，快去吃吧！看妳的飯還剩半碗耶！」蕙儀拉拉我的手。

「你們都吃完了嗎？」

「對。」

「那就收一收，我覺得我已經吃不下了。」

「子耘，妳根本沒吃多少。」宇浩學長關心地看著我。

「滿飽的了。」

蕙儀搥了學長的手臂，「你只要跟于凱森和好，子耘就吃光光了啦！」

當天晚上，我失眠了。

明明身體很疲倦，精神也並沒有特別亢奮，但就是無法入眠。每次強迫自己閉上眼睛，但是一閉上眼，腦海就出現于凱森冷冷的表情。每每告訴自己不該繼續想，但是一閉上眼睛，彷彿就聽見于凱森說那些話時冷冷的音調……

原以為今天故意這麼安排，可以有個和好的完美結局，沒想到竟然落得這樣的下場，非但沒有讓他們和好，卻反而弄巧成拙，連我自己也落得裡外不是人。明明一直以來都知道，要當和事佬的角色並不簡單，那為什麼知道這個道理的自己還硬是要多事，讓自己這麼不堪呢？

我轉身，躺在床上，看著被昏黃燈光映照的天花板，突然好討厭把事情弄得一蹋糊塗的自己。

從自助餐店離開，回到住處，和蕙儀小聊了一下。當我嚷著為什麼他們不坐下來好好談談，反而要把場面弄得這麼難看時，蕙儀要我想想，如果我自己是當事人被這樣欺騙，是不是也會同樣不開心。雖然當下我並沒有直接回答蕙儀，但是現在想想，如果我的角色和于凱森互換，被這樣找來，好像也一定會不開心的。于凱森只是把他的不高興告訴我而已，但換作是我，也許會直接把自己的不開心用不理性的方式表達出來，說不定很難像他這麼理性。

也因為蕙儀的話，讓我覺得自己似乎真的很不應該，不該自作主張這樣安排。一回到房間，我立刻打了一通電話給宇浩學長，請他原諒我自作主張又無知愚蠢的無聊行為。在電話裡，他笑著告訴我沒關係，還說雖然他不喜歡，但是他一點也沒有生氣，他知道我是好意，要我千萬別放在心上，更誇張的是他竟然還跟我道歉，因為他無法把事情說清楚。當下，對於我擅作主張的安排，我真的很慚愧。

于凱森生氣的冷酷表情，又彷彿浮現在我的眼前。當我試著閉上眼睛的同時，我聽見了敲門的聲音，然後坐起身，看著走進我房間的蕙儀。

「就知道妳還沒睡。」蕙儀倒了一杯牛奶，放在我面前的小和式桌上。

「謝謝。」我苦笑了一下，「妳也睡不著？」

「剛跟利誠講完電話，所以開心得睡不著，和妳的狀況不同。」

「董蕙儀。」我嘟著嘴。

「還在想今天的事？」

我點點頭，沒有說話。

「別再想了，我是覺得，既然在意的話，去跟他們兩個當事人道歉就好。」

「我剛剛已經跟宇浩學長道歉過了。」

「動作這麼快？」

「當然。」

蕙儀將他的右眉抬得高高的，帶著滿滿的疑惑，「所以只聯絡了王宇浩？」

「嗯。」看蕙儀臉上的表情，其實很明顯知道她想問我有沒有聯絡于凱森。

「為什麼不跟于凱森道歉？」果然！

我有一點被蕙儀問倒，因為她的問題也是我心中不解的疑惑。我想了想，「于凱森剛剛那種討人厭的樣子，既沒有宇浩學長的風度，也沒有宇浩學長的好脾氣，而且妳又不是沒看到他對我說話的樣子跟冷酷的表情，為什麼我要跟他道歉？」

「所以聽起來，妳比較在意于凱森喔！」

「並沒有，好嗎？」我翻白眼。

「是這樣嗎？」蕙儀翻了白眼，「我覺得妳根本是因為在意才這樣的。」

看蕙儀說得很肯定的樣子，我竟不知道該怎麼反駁，只好嘆一口氣，「我也搞不懂，原以為打電話給宇浩學長之後，我會接著找于凱森。但好像就是無法像打給宇浩學長那樣自然。不僅如此，一想到他冷冷的表情，我就很不開心，不想拉下臉跟他說話，更別說是請他原諒什麼的。」

「路子耘……」

「嗯？」

「我發現，因為他的態度讓妳不高興是個重點沒錯，但我更覺得……」

我皺皺眉，「覺得怎麼樣？」

「我覺得，是因為妳對他更在意。」

在意？更在意于凱森？不是的，是因為他的態度比宇浩學長差很多，所以我才這麼不高興。

「才不是。」

「因為在意，才會不知道怎麼面對，才會連撥一通電話都要猶豫考慮再三。」

「是嗎？」

「當然。」蕙儀眼睛骨碌碌地轉著，思考了幾秒，「這樣問妳好了，如果是一個路人惹妳生氣，妳會氣這麼久嗎？」

「這麼說是有道理，但……」我抿抿嘴，嘆了一口氣，「但我在意他幹嘛？」

「因為喜歡囉？」

我噗哧笑了一聲，「不是吧！」

「是不是，只有妳自己知道答案。」

「嗯。」

「好啦！別再想了，如果真的在意，就打通電話道歉吧！其實這件事情，也難怪他會不高興。」

「我知道。」我又嘆一口氣，「但是要道歉，我實在……唉唷，就是很難啟齒。」

「好好想一想，我回房囉！」

「晚安。」

我靠坐在和式椅上，看著蕙儀的背影，思考剛剛她所說的話。

確實，打一通電話、說一句抱歉，並沒有這麼難，但是為什麼這麼容易的事情，對我來說卻是這麼的不容易？我也想像打給學長時那樣輕鬆自在，但很奇怪的是，我竟然就是無法做到。每每拿起手機，就又無奈地放下。

看了一眼桌上的鬧鐘，發現已經晚上十一點半。最後我還是決定拿起手機，在通話紀錄中找到于凱森的電話，按了撥出。

電話響了很久，最後進入語音信箱。我又撥了一次，還是一樣的結果。

要再撥一次嗎？

他沒接我電話，故意不接的嗎？睡了？還是正在忙，手機轉靜音沒有聽到？

我爬到床上，呈大字型躺著，盯著天花板。突然想到他曾用過另一支手機打電話給我。於是我像發現了新大陸，再次開心地在通話紀錄中搜尋，找到了他的電話，按下撥出。但是連續撥了兩次，也一樣轉入語音信箱。

怎麼會這樣呢？他不是故意不接電話的吧？我該不該再打呢？這樣會不會讓他覺得厭煩？記得有一次和班上男同學聊天，同學說他最受不了女朋友每次找不到他就奪命連環Call，每次女朋友出現這種舉動，他就會萌生一百次想分手的念頭，我和于凱森連「好朋友」都稱不上，連打好幾通電話的行為，會不會讓他討厭？

奇怪，我幹嘛擔心他會不會討厭我？他討不討厭又與我何干？我嘆了一口氣，決定再撥一通電話，於是再次按下重撥鍵。

這一次，一樣響了很久，大概是因為有點緊張、有點無聊，我竟然默默地在心裡算著話筒傳來的嘟聲響了六次，直到第七次的時候，電話接通了！

對方接聽了電話時，我發現自己的心跳似乎漏了拍，隨即就加快了跳動的速度。我深深地吸了一口氣，將手機換到另一邊耳朵接聽，對方依然沒有開口說話。

因為耳朵只聽見電話接通之後的吵雜聲，讓我更緊張了些，於是我試著在「喂」了一聲之後，再度開口說話，「于凱森，是你嗎？今天的事情，我……」

「我不是阿凱。」

我還沒確定接電話的人是于凱森，就一股腦地想把心裡的話說出口。聽見對方冷不防說出這五個字時，我突然有種難為情又尷尬的感覺，「對……不起……我……」

「他現在可能沒法接聽妳的電話。」

「喔，那……」尷尬的我，竟然有些詞窮，不知道該跟這個陌生人講些什麼。

「他正在洗澡，還是他洗好之後，我請他回電？」電話那頭傳來的聲音，突然明顯地變得嬌滴滴。

洗澡……

「喔，不用了。」我一時愣住，急忙開口。

「他應該快洗好了，我告訴他，請問妳是……」

「沒關係，我之後再找他就好。」

她呵呵地笑了，「確定不用？我以為這麼晚了，急著找阿凱是有什麼急事。」

「沒有，謝謝。」

「那我掛電話囉？拜拜。」女孩說完，我連晚安都來不及說，她就掛斷了電話。我陷入奇怪的狀況裡，不知道自己是中了什麼邪，還是出現了什麼幻想症，我發現眼前似乎都是于凱森的臉，有笑著的、有生氣的、有冷酷的、有帥氣的……

不過……剛剛接電話的女孩是誰呢？是他的女朋友嗎？我吸了一大口氣，突然好想知道這個答案，只是我總不能再打過去，然後不管是于凱森接或是剛剛的女孩接聽，就不管三七二十一地問他們究竟是什麼關係吧！我拉下棉被，坐起身，心想反正也睡不著，乾脆到客廳去看看電視，也許會達到助眠的效果，於是我下了床，拿起手機，想睡卻又異常清醒地走出房間。

「蕙儀，怎麼還沒睡？」

坐在沙發上的蕙儀往我房間的方向看過來，給了我一個甜甜的笑容，「可能是因為晚餐時喝了自助餐店的冰咖啡，所以失眠了。」

「明知道自己晚上不能喝咖啡，還喝。」我瞪了蕙儀一眼，因為超過下午五點喝咖啡必失眠的她，明明就知道會有這樣屢試不爽的結果。

「哎唷，看王宇浩喝，就很想喝嘛……」

「妳這受不了誘惑的傢伙。」我抿抿嘴，坐在蕙儀的旁邊。

「咦？那妳呢？」

「睡不著。」我嘆了一口氣。

「為什麼？」

我搖搖頭，「我也不知道。」

「因為于凱森？」

瞄了蕙儀一眼，本想否認的自己，不知怎麼地突然認真地點了點頭，「算是。」

「是就是，有什麼關係。」

「嗯……」

「所以，妳還沒打電話給他囉？」

「打了。」

「打了？所以是因為他沒原諒妳，妳很不開心？」蕙儀歪著頭，「但是他看起來應該不是這麼小氣的人才對。」

「我打了好幾通，分別打了他兩支手機，最後一通的時候……」

「才接通？」

「是一個女生幫他接的。」

「女生？」

我抿抿嘴，「對。」

「然後說了什麼？」

「她說于凱森正在洗澡，問我要不要轉告他，等他洗好後回電。」

「那妳有請她轉告于凱森嗎？」

「電話給他女朋友接到已經夠尷尬了，還要轉告什麼？」

蕙儀搖搖頭，忍不住嘆一口氣，「妳又知道接電話的是他女朋友？」

「會幫他接電話，然後他又正好在洗澡，我問妳，要是利誠有這樣的『普通朋友』，妳會怎麼想？」

「嗯……」看來也正想像那情境的蕙儀很認真地想了一會兒，「妳說得很有道理，不過……我還是覺得這件事情並不一定。」

「是這樣嗎？」

「如果有一點在意，就再打通電話過去吧！」

「要是再被他女朋友接到，這樣多尷尬。」我嘟嘟嘴。

「那有什麼關係？」

「太尷尬了，我不想。」

「快打去吧！」

「我不想。」

「不然我想妳今天晚上肯定會睡不著了。」

我故意誇張地打了個大大的呵欠，「累了。」

「路子耘，非常誇張。」蕙儀也誇張地回了一個鬼臉，然後拿起我放在茶几上的手機，伸手遞給我，「打吧。」

我看了蕙儀一眼，給了她一個「不要啦」的眼神，但是她也揚揚眉，回給我一個「非打不可」的眼神，並且作勢威脅我，示意她要直接撥出電話。

我無奈地嘆了一大口氣，從蕙儀手中接過我的手機。但在這時，手機突然震動起來，接著發出鈴聲。

在我接過電話之前，眼明手快的蕙儀先搶走手機，看了看來電顯示，挑著眉看我，並且將手機螢幕轉向我，「一串號碼，是不是于凱森？」

我看了一眼手機螢幕上的號碼，因為看見後面三個號碼相同，「應該是。」

蕙儀站起身，將我的手機還給我，「道歉一下！有機會的話，再問問看剛剛接電話的女生到底是不是他女朋友。」

「喔。」我接過手機，按了接聽鍵。

「路子耘，睡了嗎？」電話那頭于凱森的聲音聽起來特別溫柔。

「還沒有。」

「看電視嗎？還是忙課業？」

原本要告訴他其實我是因為他失眠了。努力把失眠這兩個字吞回喉嚨，想了想，開口告訴他，「剛剛跟蕙儀聊天。」

「喔，我以為妳睡了。」

「沒有。」我簡短地回答，心裡正在盤算該怎麼提起今天的事，又該怎麼道歉。

「嗯。」

我吸了一口氣，決定開口，「于凱森……」

「嗯？該不會我們真的這麼有默契，妳跟我一樣肚子餓了吧？」

「啊？」我皺皺眉，好不容易鼓起的勇氣，竟然莫名其妙地被他澆熄。

「我有點餓了，如果妳也是的話，我們去吃豆漿燒餅，好嗎？」

「現在？」

「可以嗎？」他的聲音很誠懇。

「可是……」我猶豫了一下，不是不想跟他出門，只是不確定和他面對面坐著的時候，真的有勇氣對他說出道歉的話。

「不願意？」

「不是，只是……」該答應嗎？我猶豫著。

「只是什麼？」

「沒有。」

「那，妳要一起嗎？」

「喔，好。」深深吸了一口氣，我決定不再堅持。等一下有機會再向他道歉吧。

「那我現在過去妳住的地方。」

我看了一眼牆上的時鐘，「好。」

「拜拜。」

「拜拜，待會兒見。」

「等等！」

「嗯？」

「穿件薄外套，還有，等我電話再下樓。」

「喔。」

「那我出發了。」

「好。」

他的叮嚀，讓我有一種甜甜的、暖暖的感受，然後覺得奇怪，沒想到他的幾句話，就能讓我開心，被一種難以形容的喜悅包圍。

＊

在連鎖的燒餅豆漿店裡，我和于凱森面對面坐著，因為並不餓，我點了一杯無糖的熱豆漿。看于凱森點了五、六樣餐點，我著實嚇了一大跳。

「要不要吃一點？怎麼只點了一杯豆漿？」

「不餓。」我尷尬地苦笑了一下。

「多少吃一點，快。」他邊說，邊夾起一塊蛋餅，「給妳？」

我揮揮手，「你吃，我真的不餓。」

「不會是減肥吧？」他睜大了眼睛，「妳並不需要。」

「沒有，我還滿飽的，倒是你……消夜也點太多了吧……」我指著桌上滿滿的食物。

「這算正常分量。」他又夾了一塊蛋餅，「而且，這不是消夜，是我的晚餐。」

「晚餐？」我皺皺眉，想起原本要約他一起吃自助餐，沒想到最後被我的自作主張搞砸了。

「對，所以這些食物的量，對一個男生該吃的晚餐來說，是很正常的。」

「所以……」我嚥嚥口水，「從自助餐店離開後，就沒有去吃晚餐了？」

「嗯。」

「為什麼？」

「有點累，就先回住的地方睡覺了。」

「還是……因為太生氣的關係？」

他放下手中的筷子，然後喝了一口冰豆漿，「生妳的氣嗎？」

「嗯，因為我自作主張。」

他抽了一張面紙擦擦嘴，清澈的大眼睛看著我，「坦白說，我確實有點不高興，但不至於因為妳刻意約我和王宇浩見面的舉動而生氣。」

「所以不是因為這件事？」

「一半。」他帶著淡淡的笑意。

「什麼意思？」

「真的想聽？」他揚起了粗粗的眉。

我點點頭。

「我有點在意妳因為王宇浩而騙我。」

「不是的。」

「不是嗎？」

「我和蕙儀只是正好跟宇浩學長一起吃飯，然後你正好來電，所以我才突然有這樣的想法。」

「所以不是幫王宇浩那傢伙欺騙我囉？」

「不是，他其實也是應該要生氣的人。」我抿抿嘴，「不過，他的脾氣比你好太多了。」

「路子耘，道歉的時候不是應該要誠懇一點的嗎？」

「好啦，」我笑了笑，因為和他說開了，開心多了，「真的對不起，以後……我不會這樣自作主張了。」

「一言為定。」他又像上次一樣伸出手，「打勾勾。」

我笑著，也像上次一樣和他打了勾勾，「謝謝你原諒我。」

「這只是小事而已，也或許因為是妳，所以我並沒有真的很不高興。」

「因為我？」

「對，因為妳。」于凱森停頓了一下，露出奇怪的笑容。

聽了他的話，我的心臟跳動得很快，我原本沒有勇氣問他答案，最後還是開口了，「為什麼？」

「因為……」他再次拿起筷子，這次夾了盤子裡的蘿蔔糕，放進嘴裡之前才又開口，「因為路子耘本來就是讓我覺得相處起來很開心、很喜歡的……」

撲通撲通撲通撲通，我的心臟用力快速地跳動著，「嗯？」

「諧星。」

諧星？可惡！

「于凱森！」我狠狠地瞪著他。

他終於把筷子夾著的那塊蘿蔔糕放進嘴裡，「這麼生氣？」

「很少有女生被稱為諧星還很開心的。」

「喔，我故意說的。」他很故意地帶著笑。

「下次再說我是諧星，我絕對不饒你。」

「是。」他點點頭，露出認真的表情，然後把最後一盤的小煎包吃掉。

「你食量真大。」我看著眼前的空盤。

「這是小case而已。」

「嗯……」儘管他這麼說，我還是覺得驚訝，他看起來瘦瘦的，食量竟然這麼大。

「對了！」他擦了擦嘴，從背包裡拿出一個信封。

「什麼？」

他從信封裡拿出兩張票，「下星期有一部強檔電影的首映，跟我一起去。」

我接過他手上的電影票，「你怎麼會有？」

「我爸公司拿到的公關票。」

「這樣可以嗎？」

「當然，下星期三晚上，別忘了。」

「下星期三……」

「不准拒絕我。」

「喂！于凱森！你會不會太霸道了？」

「還好，一起去。」

「好啦。」雖然瞪了他一眼，我還是答應了他。
「我吃飽了，要走了。」
「嗯……」我也喝完最後一口豆漿。
「所以，除了道歉之外，妳沒有要說或是要問我什麼嗎？」
他的問題太突然，我一時不清楚他指的是什麼。納悶地想了想，最後還是搖搖頭，「沒有，你希望我問你什麼？」
他背起背包，抿抿嘴，「我希望妳問我，剛剛接電話的女生是誰。」
「接電話……」我恍然大悟，這才想起剛剛的事。猶豫了一下，最後開了口，「所以，她是你女朋友嗎？」
「這是妳想知道的嗎？」也許看我沒有回答，于凱森笑了笑，「妳想知道她和我是什麼關係？」
我咬著下唇，思考應該怎樣回答他的問題，「確實有點好奇。」
「嗯……」
「所以，是女朋友？」我問。
「當然不是。」

「但她剛剛說你在……」

「洗澡？」

「嗯。」

他站起身，然後看著我，「剛剛不是說回去睡覺嗎？後來睡醒了，我們幾個人都去威哥的店裡，當時我剛好在跟別的朋友聊天，所以朋友幫我接了電話，直到我回住處後，她才跟我說這件事，啊，那朋友妳也見過。」

「嗯？」

「就是上次看見的那個短髮女生。」

「但她為什麼說你在洗澡？」

于凱森哈哈地笑了出來，「她故意的。」

「故意？」我歪著頭問。

「她想看看她這麼說，妳會怎麼想。」于凱森聳聳肩，「後來我說要來找妳，她才講出來。」

「喔，所以她跟你……不是男女朋友囉？」

「不是。」

「喔……」聽于凱森的解釋，我突然有一種放心的感覺，而且還有一種很難形容的情緒。這情緒在心裡翻滾著，雖然明顯，卻又難以理解。

路子耘，妳到底是怎麼了？

「話說完了，走吧。」

「喔。」我站起身，跟著于凱森走出門外。

「安全帽。」走到機車前，他貼心地將安全帽遞給我。

「謝謝。」我戴上安全帽。

「下星期別忘了，首映會。」他邊戴上安全帽，邊低頭看我。

「我記住了，老實說從沒看過首映會，有點……期待。」

「下星期三，我會到妳住處接妳。」

「謝謝……」我給了他一個笑容。

「騎車之前，還有一件事情要問妳。」

「什麼事？」我疑惑地看著好像在思考什麼的他。

「妳真的這麼希望我和王宇浩那傢伙和好？」

我點了點頭，苦笑，「但我不會再自作主張了。」

大概是因為我的回答讓他想到什麼，他哈哈哈地笑了，「這不是警告，好嗎？」

「不然呢？」他笑得好誇張，我忍不住瞪了他一眼。

「為什麼這麼希望我們和好？」

「之前就跟你說過了，因為我覺得你們的友情不該莫名其妙斷了，很可惜。」我停頓一下，「我和宇浩學長聊過，他說真的是誤會，只是我想再追問，他就只說他曾答應過一個女孩，所以不能說。」

「他說的？」

「他是這麼說的。」

「女孩……」

我看著他，「會不會是因為你們曾經喜歡過同一個女孩，因為她……」

他看了我一眼，打斷我的話，「連續劇看太多嗎？」

「猜錯了？」

「猜錯了。」

「不然呢？到底是怎麼回事？」

于凱森移開目光，然後再看著我，嘆一口氣，「我們之間確實發生了一些事，他說那是個誤會，說事情不是我所想的那樣，但面對我的追問卻又沒有合理的解釋，妳不覺得很令人生氣嗎？」

我嘆了一口氣，抬起頭看他，「像我和我高中時好朋友的友情，因為不是誤會，所以是怎麼樣也無法再繼續的了。」

「嗯……」

「你想想我的狀況才悲情呢！前男友告訴我，我的好朋友才是他的真愛……」我故意用輕鬆的語氣說著，「好晚了，我們走吧。」

當我把話說完時，于凱森突然慢慢走近，然後用他低沉的聲音輕輕說著。

「路子耘……」

「嗯？」我低頭看著地上幾乎交疊在一起的影子，但沒有回頭。

「他們是不是彼此的真愛，我們管不著，但我相信……妳很快就會遇到真愛，而且很快就會遇到真心對妳好的人。」

「是這樣嗎？」我仍然看著地上的影子。

「不要懷疑。」

我吸了一口氣，轉身看著比我高出好多的于凱森，「于凱森，謝謝你，這也許是我被甩了之後，聽過最溫馨的一段話了。」

他沒有說什麼，只是默默看著我，幾秒後才開口，「別想不開心的事，走！送妳回去。」

「嗯，謝謝你。」和于凱森走回機車前，在他發動機車後，我坐上後座，偷偷地看了後照鏡裡的他。

這個男孩，一定有很多女孩喜歡吧？也一定被很多女孩告白過，每次和他在一起，總是會遇到一些投射到他身上的目光。

我把眼神移向路旁，又忍不住地看了後照鏡裡的他，突然有種「這是不是夢」的錯覺……因為，像我這樣的小草，會和這樣的天菜走在一起，根本就像是一場夢。

「路子耘……」

「啊？」

「又偷看我了。」

「哪有。」

「我看到了。」

「我只是發呆而已。」

「是嗎？」

「不對，如果你沒偷看我，你怎麼會以為我在偷看你？」他哈哈地笑了，「因為我本來就在看妳，而且好幾次了。」

「于凱森，你是有事嗎？」突然覺得很尷尬，我用力地搥了他的背。

「下手好重，別忘了我是空手道高手。」

「我才不怕。」

「嗯，有膽識，不過……我怎麼可能隨便用空手道對付妳。」

「對啊，有句名言叫『好男不跟女鬥』，你知道就好。」

「不是因為這樣。」

「那是因為怎樣？」我很好奇。

「平常要養精蓄銳，不能隨便消耗功力，等到欺負妳的前男友和好朋友出現時，我才能施展我空手道黑帶的功力。」

「這麼感人，太感謝了。」我把話說得很故意，輕輕地哼了聲，把注意移向路旁，沒有再說話。

都是于凱森這麼烏鴉嘴！

和于凱森去吃燒餅豆漿，隔天上完一整天滿滿的八堂課之後，當我拿出手機發現螢幕上顯示了四通未接來電。滑進通話紀錄查看，我看見是同一串號碼。

會是湘湘嗎？在我確認那不是于凱森另一支手機號碼之後，我這麼猜想，於是試圖查詢之前她的來電。但因為時間有點久了，所以沒有找到。

她當時說會到我們學校，還說到我們學校的時候會找我，希望跟我面對面談談，所以……剛剛的四通來電，有可能是她嗎？

我吸了一口氣，猶豫著是不是應該打消先在學校餐廳吃完飯再回住處的念頭。於是我從前往學校餐廳的路上折返，決定直接往停車場的走去。

沒想到當我幾乎用逃離的方式想快快離開學校時，走到停車場前，正好有人喊了我的名字，而且那個人正是湘湘。站在她身旁的那個人……就是我的前男友，致鵬。

「小秐……」

「好久不見。」我苦笑了一下，心想好像再怎麼逃，該發生的事情還是會發生，再怎麼躲，該遇到的人還是會遇見。

「妳好嗎？」湘湘往我面前走了一步，卻因為我反射性地往後退，所以她看起來有點尷尬。

「對啊，妳好嗎？畢業之後，一直都沒有妳的消息……」這次說話的是致鵬，臉上的表情看起來是真的關心。但我還是打斷了他的話，因為以目前的狀況來說，他對我是不是關心，對我而言其實並不重要。

「嗯，是啊。」

「小耘，如果可以的話，我們一起去吃個午餐，妳覺得好嗎？」

我偷偷看了一眼他們緊握著的手，此刻不知道如何面對他們的我，真的好想好想鑽個地洞躲進去。我猶豫了一下該怎麼回答，「我剛剛吃飽了。」

「小耘，」湘湘又往前走了一步，而且還抓住了我的手，「這麼久了，我希望妳能夠原諒我們，我真的好希望我們三個可以像過去那麼好。」

我吸了一口氣，看著眼前的湘湘，有種悲哀的感覺竟湧上心頭。沒想到曾經很好的朋友，現在竟然變得這麼陌生。

「小耘，吃個飯好嗎？」致鵬也走了過來，和湘湘並肩站在我面前。

「我真的吃飽了。」我吸了一口氣，還是講了個讓彼此比較好下台的藉口，假裝誠懇地看了致鵬一眼，再把目光停駐在變得好漂亮的湘湘臉上。

「至少，和我們去喝杯飲料，給我們解釋的機會。」

「子耘，妳怎麼在這？」

子耘？這聲音……是于凱森。

這傢伙，什麼時候開始不連名帶姓叫我？

「你什麼時候站在我背後的？」我轉頭看著身穿藍色襯衫的于凱森。

「剛剛。」于凱森笑著，很故意地撥撥我的頭髮，然後出奇不意地牽住我的手，「其實子耘剛剛是客氣地拒絕你們。」

「于凱森！」我看著于凱森，然後用力地握住他的手，想警告他別亂說話。

「因為我我會晚一點下課，所以請她務必要等我一起用餐。」于凱森又看向我，「走。」

「喔……」

于凱森拉著我，繞過湘湘和致鵬身旁，往停車場走去。走了幾步路，他突然停下腳步，轉頭看向他們。

「對了，我想你們應該是子耘的高中好朋友跟……前男友吧？」

「是的。」致鵬抿抿嘴，走到我們面前伸出手，「你好。」

于凱森也伸出手，禮貌地和致鵬握了握，「你好，我是路子耘的男朋友，我叫于凱森。」

「于凱森……」我試圖想抽開被他握著的手，他卻更用力將我的手緊緊握著。

于凱森笑著，「還有什麼事嗎？」

「沒有。」這次說話的是湘湘。

「那我們先走了。」于凱森停頓了幾秒，「對了，如果以後子耘不太想聊天的話，就別勉強她了。」

致鵬尷尬地笑了一下，「沒問題。」

「子耘，走吧。」

「喔，好……」其實我有點難為情，但是為了配合演戲，我只好答應。

「走。」于凱森一樣把我的手握得緊緊的，然後往停車場走去。

走到停車場，我尷尬地開口，「于凱森，可以放開我的手了嗎？」

「好。」他笑著，然後鬆開了緊握著我的手。

「謝謝你，剛剛。」

「別客氣，好朋友是幹嘛的。」他拍拍我的頭，給了我一個帥氣的微笑。

「對了，別忘了首映會的事喔。」

「好，我去牽我的腳踏車囉，拜拜。」

「嗯，拜拜。」

我揮揮手，往另一個停車的區域走去，直到他又叫了我的名字，「嗯？」

「路子耘！可別因為遇見他們，又失眠了。」

「不會的，謝謝你。」

我再次揮揮手，轉身往前走。覺得心裡暖暖的，而這種暖暖的感覺，似乎是因為于凱森幫我化解了我遇見湘湘他們時的不開心。

然後，我發現這個給了我好多溫暖的男孩，似乎早已默默地住進了我心裡。

「不是已經說再見了？幹嘛跟著我？」正要把腳踏車牽出停車場門口，我納悶地看著他。

「想陪妳。」

看著他臉上溫暖的笑容，還有他笑得彎彎的眼睛，在那個瞬間，沒想到自己竟然有點不好意思。我把目光看向前方，「無聊。」

「怎麼會無聊？」

「你以為嘻皮笑臉地說這種話，我就會上當嗎？」

「哈，我是說真的。」他收起笑容，有點認真地說。

「哼。」我故意重重地哼了聲，把目光再次從他身上移開。

「好啦，不管妳相不相信。」他聳聳肩，一副很無奈的樣子。

「嗯……」

「對了，今天後校門那裡有夜市，我們去逛逛？」

「現在還不到六點，有什麼夜市好逛的？」

「那裡的攤子有些很早就擺了。」

「真的嗎？」我皺著眉頭問，心裡覺得很疑惑，因為偶爾跟蕙儀去逛夜市，都會約在八點過後。

「真的，我們可以先吃點東西。」

我看著他，「有點累了。」

「就當是陪我？」

「我真的有點累了。」

原本走在我身旁的他，突然跨出一大步，抓住了腳踏車的把手，阻止了我往前走，「路子紜。」

「嗯？」

「妳不是累。」

「……」沒有說話，因為他的話，我既納悶又有點不快地看著他。

「妳不是累，妳只是遇到了妳好朋友跟前男友，心裡不開心而已。」

于凱森的話，又讓我不知道該說什麼來回應，而且在心裡暗自驚訝，沒有想到這個于凱森，竟然能猜中我心裡的感受，停頓了幾秒，我才開口，「是，所以我不想去逛。」

「所以意思是說，妳還活在他們的陰影下。」

「不是！」我很快地反駁。

「如果不是，就不會因為剛剛的巧遇，在這裡不開心了。」

我瞪了于凱森一眼，想反駁他卻找不到任何藉口，尤其看到他堅持的眼神，「嗯，那去逛夜市吧。」

他看著我，並沒有說話，只是帶著一種很奇怪但同樣好看的笑容。

我也看著他，「幹嘛？」

「聞到了賭氣的味道。」他聳聳肩。

「隨你怎麼說。」我哼了聲。

「走，我載妳。」他揚起眉，指著我的腳踏車。

「真的？」我也指了指腳踏車。

「對。」

「好……」

他接過腳踏車，「上車。」

「嗯。」我點點頭，然後坐上後座。

我看著這路旁原本就熟悉的一切，此刻卻覺得有那麼一點點不同，是因為一直以來都是自己騎著腳踏車上下課，從來沒有坐在後座被人載著，還是因為有于凱森在身邊的緣故呢？

我想著這奇怪的感受，然後看了一眼于凱森寬大的背後。

再次將目光移向路旁。此刻被于凱森載著的我，是不是會成為很多女孩羨慕的對象？和他一起逛夜市，是不是也是很多女孩夢寐以求的呢？

「路子耘。」

「嗯？」

「妳在想什麼？」

「沒有啊，發呆而已。」

「是這樣嗎？」

我嘆了一口氣，覺得剛剛的事情好像也沒什麼好隱瞞的，「是啊，不過……」

「不過？」

「後來我在想，給你載、和你一起逛夜市這種事情，應該會讓很多女生嫉妒或是羨慕。」

「嗯，所以……感到榮幸了吧？」

「當然沒有。」

「一定有。」他笑笑地說。

我用力地打了一下他的背，「你如果再繼續自戀下去的話，請你用走的，因為這是我的腳踏車。」

「好啦，不鬧妳了。」

「知道利害關係就好。」

「好啦，」他將行進的速度慢了下來，開始物色停車位。在停了一排機車的停車格中，找到了一個位置，「我停這囉。」

在他停下車時，我下了車，看他小心翼翼地把我的腳踏車停好，而且細心地將大鎖鎖上。「原來真的有滿多攤位已經開始營業了。」

「就跟妳講吧。」他笑著，「我們先去吃那家臭豆腐。」

我看著他指的方向，「好吃嗎？」

「超級好吃。」

「好，那走吧！」

原來和他逛夜市這麼有趣，不僅沿路吃吃喝喝，還玩了好幾場彈珠台的遊戲，除此之外，還在他的慫恿下，體驗了生平第一次嘗試的射擊遊戲。但是因為我的準度欠佳，竟然只射中一顆氣球，連個安慰獎都沒有，最後他以超棒的準度竟然贏得了一個可愛的史努比玩偶。

「哇塞，你也太強了。」我滿意地抱著史努比玩偶，「相較之下，我根本就是送錢給老闆。」

「平常有練過。」他笑笑地看著我。

「嗯？」

「以前國中就常常和一群好朋友逛夜市，所以不管是彈珠台或者是射擊遊戲，都玩過好幾百遍了。」

「原來如此。」我點點頭，隨即想起第一次跟蕙儀逛夜市的情景。「好意外。」

「什麼意思？」

「記得大一上學期，第一次跟班上同學逛夜市的時候，蕙儀還說那是她人生中第三次逛夜市。」

「嗯。」于凱森點點頭，一副了解的樣子。

「為什麼你不驚訝？」

「妳聽過公主會常逛夜市的嗎？」他反問。

聽了于凱森的話，我噗哧地笑出來，「你怎麼這麼形容？」

「高中時候，對董蕙儀的脾氣個性早有耳聞。」他聳聳肩。

「是喔！」我想了想，「不過其實蕙儀很好相處啦。」

「也許吧，我跟她也不熟，總之不只是他，我想我們之前高中的同學，應該也很少逛夜市吧。」于凱森抿抿嘴，想了想之後告訴我。

「嗯，因為貴族學校的貴族，應該不會常來夜市這種……平民化的地方。」我思考了一下形容詞，「不對，這麼說來……所以你是異類？」

他笑了，「也許吧，我喜歡夜市這種熱鬧又沒有壓力的地方。」

「喔……」

「因為我曾經就是利用這樣的熱鬧，來忘掉一些不喜歡的回憶。」

「什麼不喜歡的回憶？」他的臉上有一種難以形容的情緒。

「有空再告訴妳。」走到了我的腳踏車前，他蹲下身子仔細地開了鎖，然後牽出腳踏車，「我們回去吧。」

「好，那這史努比是送給我的囉？」

比我高好多的他低下頭看著我，「送妳的，希望妳別再為了剛剛的事情不開心了。」

「嗯？」

「妳前男友和好朋友啊。」

我吸了一口氣，「我盡量。」

「如果今天這種場面再出現的話，就……」

「就怎樣？」

「我就義務再當妳男朋友，遇見一次我就當一次，遇見一百次，也當你的男朋友一百次。」

「真的？」內心一陣感動。

「當然是真的！」把話說完，他哈哈地笑著。

「那出租費用多少？要算我友情價喔！」聽了他的話，發覺自己的心跳變快了些，但我告訴自己，這不過是他想逗我開心的玩笑話而已，於是我也笑著這樣回答。

「不必，完全免費。」

「這麼好心？」

「是啊，因為就算是當妳真的男朋友，我也不排斥。」他專注地看著我。

我吞了一口口水，然後假裝在他面前揮舞著拳頭，「喂，于凱森。」

「幹嘛？」

「你知道隨便開這種玩笑，我會當真嗎？」我假裝「嘖」了一下。

「妳會當真嗎？那就當真啊。」

「你就是因為老愛說曖昧的話，才迷惑了很多可愛少女的吧！」我哈哈地笑著，

「只可惜我的理智會告訴自己，千萬別被你迷惑了。」

「路子耘，妳疑心病也太重了。」

「我是機智聰明。」

「如果我說我是認真的，妳為什麼……」于凱森話說到一半，我的手機鈴聲突然從

包包傳了出來。

「對不起，我接一下電話。」我尷尬地笑著，拿出手機按了接聽，在我只說了一聲

「好」時，對方就掛了電話，「我要快點回去了。」

「嗯？」

「因為我的室友小公主竟然忘了帶鑰匙，問我是不是要回去了。」

于凱森笑了，很好看的那種笑容。他腳一跨，坐上腳踏車，「上車吧，先載妳回去。」

「可是你的車不是在學校？」

「沒關係，就載妳回去，我再走回學校吧。」

「喔……謝謝。」我坐上腳踏車後座，「出發。」

「出發。」

坐在他後面的我，又看了一眼他寬厚的背，心裡好像因為這個溫暖的男孩，充斥著暖暖的感覺，嘴角好像也因此微微的揚起。

＊

到了電影首映會這天，我們一起來到電影院。

「看來我們算是早來的了。」我坐在中後排最中間的位置。

「嗯，是啊。」

「雖然我沒來過首映會，而且還是這麼強檔的首映會……不過我真的好懷疑，我們可以隨便挑座位嗎？」

「可以啊。」

「喔……」我把爆米花輕輕地暫時放在旁邊的座位，從背包拿出手機調成靜音，再把背包放在座位底下。

「啊，忘了買洋芋片。」才剛坐下的于凱森，突然站起來。

「吃爆米花就好了。」我拿起原先放在一旁的爆米花，「這麼大桶，我們一定吃不完的。」

「不行，看電影吃洋芋片是必須的，我一定要去買。」于凱森將包包放在座位，一副不達目標不輕言放棄的姿態。

「這麼堅持？」我皺皺眉，沒想到于凱森還有這樣的一面。

「沒錯，而且我們忘了飲料。」他眨了眨眼。

「好！那快去快回吧！」

「嗯，我很快回來。」

我點點頭，「等等！」

「嗯？」

「可以買起司口味嗎？有的話。」

于凱森笑著，「當然沒問題，那飲料想喝什麼？」

「雪碧去冰。」

「嗯。」

電影播放的預告片才剛開始，動作很快的于凱森就跑了回來，「給妳。」

「你先吃吧。」我笑著，接過他買的雪碧，放在杯架上。

「好。」他笑著，在電影院昏黃的燈光下，他的笑容似乎變得更迷人。

「應該很棒吧！」我看著他的側臉，「謝謝你讓我有看首映的體驗。」

「別客氣了，正好有票，就想約妳。」

「對我真好，還是……」我微微挪動身子，看著他，「約了好幾個人都被打槍，最後才想到我？」

「想太多了，妳這是典型的被害妄想症。」

「哼，我看是被我猜中了。」

他揚起了眉，「不管你信不信，我一拿到票就想到妳……或者該說……」

「嗯？」

「我是因為妳，才想去拿這兩張電影票的。」

看著他認真說話的神情，還有他那雙迷人的眼睛，我刻意移開原本盯著他的目光，然後再看著他，笑嘻嘻地說：「真是好心！」

「不然，有人遇到狠心的前男友，心情差得不得了，這樣怎麼辦？身為朋友的我，當然要找個快樂的方法讓她開心一點囉！」

「這樣聽起來，是我以小人之心度君子之腹。」

「這是事實。」

我搥了他的肩，「最好是。」

「小人之心。」他聳聳肩，然後將爆米花遞給我，「給妳。」

我接過爆米花，抓了一些放進嘴裡，「謝謝。」

「妳喜歡看電影嗎？」

「嗯……滿喜歡，只是大部分都是在電影台看，哈。」

「是喔？」

「拜託，我們這種窮學生哪可能常常到電影院看電影。」

「嗯哼！」他揚起眉，「所以上次看電影是什麼時候？」

我想了想，「高中的時候，哈，很久以前吧！」

「確實有點久。」

「是啊……和湘湘還有前男友去的，是一部浪漫溫馨的愛情電影，過程很感人，結局卻有點悲。」

「所以哭了吧？」

我歪著頭看他，「哭了，你看的話也許也會。」

「是嗎？」他笑了一下，「可惜今天這部電影是有趣的動畫，所以妳可能無法見識到我哭起來也很帥的樣子。」

我吐吐舌，故意翻了白眼，「你真的不是普通的自大。」

「實話實說囉。」他抿抿嘴，「既然妳喜歡看電影，那以後我們一起來看。」

「于凱森，話聽一半喔！」我又搥了他的肩，這次力道更大了些。

「嗯？」

「我說我喜歡看電影，但我是窮學生，重點是這個。」

「喔……懂了。」他點點頭，「不過我又沒要妳買票。」

「不用錢的電影？」

「不錯吧！完全免費，還可以盡情點餐。」

「電影票一張你的，一張我的？餐點也是一人一份？」我故意問。

「嗯。」

「也太好心。」

「因為我不喜歡一個人看電影的感覺。」他先是看著我，然後看向前方的大螢幕。

「嗯。」我看著他的側臉，突然有一種感覺，原本開心的他，不知道因為什麼事情而有點低落。

「怎麼了？」我皺著眉問，「我剛剛說錯什麼了嗎？」

「沒事。」他苦笑了一下，「只是想起一些不想想起的回憶罷了。」

「回憶……」看著他緊繃的線條，我竟不知道該回應什麼，只是重複了他的話。

「是，不好的回憶，看電影吧！開始了！」

「嗯。」我點點頭，挪動了身子，靠坐在椅背上，看著電影片頭。

＊

「好看嗎？」走出電影院，于凱森問了我。

「滿精彩的，謝謝你。」

「別謝了，正好滿想看這場電影。」路燈將于凱森的影子拉得好長，「要不要逛一逛？」

「逛一逛？好啊！」我點點頭，「剛剛的爆米花和雪碧吃得我好撐，消化一下也好。」

「那走，順便看看運動鞋。」

「嗯。」

他說完，拉了一下我的手臂便往百貨公司走去。

「下次有好電影，記得陪我看。」

本想消遣他，但隨即想到剛剛在電影院時他所說的話，於是我把話吞了回去，「好。」

「喔！」他哈哈地笑了，用一種覺得不可思議的眼神看著我，「這麼乾脆？我還以為妳會拒絕。」

我看了他一眼，然後繼續往前走，走到手扶梯前，「本來要拒絕的，但我想起你剛剛在電影院說的話，所以決定好人做到底。」

「原來如此。」

「嗯。」我笑笑的，跟他一起站上手扶梯上。

「所以我想看的電影，妳會陪我？」

「會，只要我有空。」我點點頭，用很認真的語氣說。

「那就先謝謝妳，我會認真物色好電影的。」

「不對……」我站上地板，離開手扶梯，轉身問站在我面前的于凱森，「那你女朋友呢？」

「我沒有女朋友。」

我瞇著眼，用很懷疑的眼神看著他，「騙我？」

「真的。」

「喔……」看他眼神很真誠，我覺得應該沒有說謊才對。

「怎麼突然問這個？還是妳想當我的女朋友？」他揚起眉。

「于凱森！」我狠狠瞪著他，往他肩上揮了拳，卻被他閃過。

「該換招了。」

「無聊。」我哼一聲，轉身走去。

他笑笑地跟上了我，「幹嘛生氣？」

「不想跟無聊的人耍嘴皮子。」

「好啦，我道歉。」

我睨了他一眼，「好啦。」

「但，如果妳願意當我的女朋友，其實我會很高興。」他低下頭看我，臉上十分認真。

為了避開他的眼神，我假裝移開目光看著一旁的運動服飾，「那件衣服好像……」

他拉住我的手，「路子耘，我是說真的。」

我嚥了嚥口水，因為覺得難為情。「我知道了，可惜我不想因為跟天菜有什麼瓜葛而成為別人的眼中釘。」

「那有什麼關係，我會保護妳。」

我嘖了一聲，指著眼前櫃位的方向，「那真的謝謝你，好啦，我們去看那雙鞋吧！」

逛了一下這層樓的運動用品櫃位，他的家境似乎很不錯，于凱森一下就買了兩雙籃球鞋。原以為他這樣就可以滿足地打道回府，沒想到他竟然說真正想買的鞋子還沒買到，於是我們又繼續一間一間逛著。

「這雙漂亮嗎？」

我走到他身旁，拿了他手上的運動鞋，「滿漂亮的耶！」

「是啊！這款也有女鞋喔，你們可以一起買穿情侶鞋啊。」穿著超短熱褲的店員笑咪咪地站在旁邊推薦。

「我們不是情侶啦。」我將鞋子放回架上，尷尬地回答店員。

「啊，抱歉抱歉。」店員揮揮手，忙著賠不是。

「沒關係。」我一樣尷尬地笑著。

「麻煩妳幫我拿這兩雙十一號的好嗎？我穿穿看。」于凱森指著架上的鞋，然後看著我，「妳穿幾號的？」

「啊？」我瞪大了眼睛。

「妳都穿幾號的鞋？」于凱森溫柔地又問了一次。

「我沒有要買啊。」

「穿穿看有什麼關係。」

「對啊，是幾號？」店員也加入了說服我的行列，害得我只好講出自己鞋子的號碼，「那你們等等，我去倉庫拿。」

「謝謝。」

站在住處門口，我脫掉安全帽，忍不住打了個呵欠。
「害妳這麼累，抱歉。」于凱森將機車停好，低頭看我。
「有免費的電影看，很開心！」邊說，我邊從包包裡拿出鑰匙，「應該說謝謝的人是我吧。」
「真要謝的話，只要以後妳有空能陪我看電影就好了。」
「一言為定。」我笑了，看著把安全帽放進機車置物箱裡的他，「直到……你遇見可以陪你看電影的朋友為止，呃……不管男生或女生。」
「如果那個人一直沒有出現，妳也會一直這樣陪我？」他笑起來，眼睛微微瞇著。
「可以，如果我沒有其他事情的話。」我比出打勾勾的手勢，在他面前晃呀晃。
他立刻和我打了個勾勾，「約好就不准反悔。」
「嗯，一言既出，」我揚起眉，「不對，還有一個不能陪你看電影的原因。」
「說來聽聽。」

「如果以後我交了男朋友，他不准我陪別的男生去看電影，那就只好跟你說抱歉了。」我聳聳肩，裝作無奈的樣子。

「這麼替他著想？」于凱森的語氣飄得高高的。

「當然，如果真的交往，他的感受我本來就必須顧慮。」我想了想，「就像蕙儀之前跟一個聯誼的對象去看電影，她男朋友也是氣到吵起來，還差點分手。」

于凱森像是思考什麼，微微點了點頭，「所以……」

「所以什麼？」

「所以未來我就不能是妳男朋友？」

「喂，于凱森，你今天很奇怪耶！」我誇張地嘆了一口氣，「不過你以為你故意這麼說，我會上當嗎？想害我成為全民公敵，我可沒這麼笨。」

于凱森聳聳肩，「妳的疑心病真是不輕。」

「你才是。」我笑著，不小心又打了個呵欠，「不說了，我上樓囉！」

「等等。」

「啊？」

他從機車上踏墊上拿了其中一個紙袋，然後遞給我，「給妳的。」

「什麼？」

「那雙妳覺得好看的鞋子，妳試穿的時候，我覺得很適合妳，所以也請店員幫我偷偷包起來了。」他拉住我的手，將紙袋放在我手上。

「這……」受寵若驚的我，完全沒想到他竟然在我沒有察覺時做了這樣的小舉動。這雙鞋我試穿的時候確實覺得很喜歡，只是看了吊牌上的價格，實在讓我卻步，只好假裝沒那麼喜歡地把鞋子還給店員，還故意說這款式好像比較適合男生。

但是于凱森偷偷買下了這雙鞋，還誠懇地交到我的手中，此刻我竟然不知道該怎麼回應？

我該收下嗎？該說「謝謝，我真的很喜歡」嗎？還是請他明天拿回店家，換一雙他自己喜歡的鞋子就好？

我吸了一口氣，「我……」

「別拒絕我，就當是妳陪我看電影、陪我逛街的謝禮，好嗎？」他用他誠懇的眼睛看著我，臉上掛著溫柔的笑意。

「可是，這太貴了，我不能……」

「路子耘，收下。」他突然將手放在我的頭，輕輕地拍了兩下。

「這……」

「收下。」

「……」

「還有。」于凱森停頓了一下，「給我一塊錢。」

「一塊錢？」因為想起一個不能送人鞋子否則會分開的傳說，我恍然大悟地笑了，然後立刻從包包裡拿出一塊錢，放在于凱森的手掌心。

他將一塊錢握住，認真地看著我，「因為我不想跟妳分開。」

和于凱森說了晚安之後，我一回到住處就立刻洗了個熱水澡。才從浴室出來，就聽見手機鈴聲響起。我準備衝到書桌前接聽時，還差點滑了一跤。

「喂？」

「喂，聲音怎麼怪怪的？」于凱森擔心地問。

「差點因為要接你的電話，跌個狗吃屎。」

「真的？要不要緊？」

「沒跌倒，」我嘆了一口氣，心臟跳得很快，「怎麼了？」

「我剛剛忘了講一件事。」

「什麼事？」

「下星期的那堂通識，教授不是說暫停一次，期末再補課嗎？」

想著于凱森的話，我想起上次教授的叮嚀，「對。」

「剛剛收到通知，教授的那場研習會取消了，所以照常上課。」

「照常上課？」

「對啊。」

「那我為什麼沒收到通知？」

「只通知部分的人，再另外通知認識的同學。」電話那頭的他咳了咳，「妳問蕙儀也可以。」

「喔……」我停頓了一下，看見放在桌子旁的鞋子，想到今天聊到的話題，「對了，于凱森，為什麼你不喜歡一個人看電影？」

「真的想知道？那不是什麼甜蜜幸福的故事喔。」電話那頭的他笑笑的。

「嗯，我想知道。」

「在我國小五年級那年，我媽帶我去電影院看了一場電影，電影播到一半，她說要買洋芋片給我吃……」于凱森笑了一聲，「結果我沒吃到洋芋片，而且我媽再也沒回到

福甜蜜。

我身邊。」

「為什麼……」我喃喃自語，沒想到從于凱森口中說出來的往事，真的不是那麼幸

「她逃離了我爸，當然也從此離開了我的生活，說完了，晚安！」

「于凱森，對不起……我不該問你這些，我真的不知道……」

「我早已習慣了，別放在心上，晚安。」

「好，晚安。」

「早點睡。」

「好。」

在答應于凱森早點睡之後，我掛斷了電話，但我卻沒有真的立刻入睡。

因為我的腦子裡，不斷想著于凱森剛剛在電話中講的話……而且反覆想著這些話的

我，從沒想過在于凱森總是開朗的外表下，竟然有這麼一段傷心的回憶。我心裡有一種

奇妙又難以形容的感覺，好像有點心疼、有點不捨……

「你確定今天要上課？怎麼都快打鐘了還沒有半個人？」

「也許大家等一下就來了。」他聳聳肩。

「可是……平常這時候都滿多人到的啊。」我擔心地看了看窗外。

「可能大家正巧有事耽誤了。」

我皺皺眉，「怎麼可能大家一起有事耽誤。」

「真的，今天商學院有會考，可能因為這樣比較晚到。」看于凱森這麼篤定的樣子，我哼了聲，「要是你記錯的話，我肯定揍你。」

他看看手錶，「放心，我先去上個廁所，很快回來。」

「嗯。」我比了個「ＯＫ」的手勢，低頭玩起自己的手機。

但是不知怎麼搞的，已經過了十分鐘，上課鐘聲響起，但是這間教室除了我之外，連隻老鼠都沒有。當我不安地看了看四周，正準備站起身時，看到講台前的投影機布幕緩緩地降了下來，然後教室裡的燈也突然暗了。

這是怎麼回事？不是遇到搶劫吧？

帶著滿滿的疑惑，我站起身，伸手拿起背包時，前方的投影布幕突然因為投影的關係亮了起來。

我皺緊了眉，帶著滿滿的疑惑往前方看去，前方的布幕突然由一片漆黑出現了藍天白雲的畫面，接著……出現大大的「路子耘」三個字！

我瞪大眼睛，目不轉睛地盯著前方，然後坐回座位，看著眼前這奇怪的影片。

影片裡一樣是藍天白雲的背景，但是在「路子耘」三個字之後，再次出現「沒錯！這是一部關於告白的故事……」

我將背包放回旁邊座位，好驚訝地看著前方，影片一段一段地用動畫的方式，播放著我和于凱森認識的經過，播放了約莫五分鐘的影片後，最後出現了大大的字，寫著：

路子耘，歡迎觀賞了這部專屬於路子耘的影片。

就如前面說過的，「這是一部關於告白的故事」……

所以，這是告白，沒錯。

一直以來，我是個很有自信的人，但關於這次告白，我竟不太有把握，所以只能透過這樣的方式，來表達我對妳的喜歡。

我眞的好喜歡妳，路子耘。

我看著這精心製作的影片，前半段紀錄的點點滴滴，讓我很感動，到了後半段，看著大銀幕上的字幕，搭配于凱森的配音，淚水不停從眼眶落下……其實最後的幾行字早已看不清楚。

「妳希望我做到的事，我一定會做到。」于凱森的聲音在我背後響起。

「嗯？」眼淚不斷地往下掉，我轉身看他。

「我和王宇浩把事情說清楚了。」于凱森走到我面前看著我，認真地說。

「真的？」

「當然是真的，因為那是妳希望我做的事。」

「嗯，和好的感覺很棒吧。」

「所以……」

「于凱森……」

「路子耘，妳能接受我的告白嗎？」他帶著好帥的微笑，低下頭看我，然後伸手輕輕幫我擦掉眼淚。

「都搞成這樣了，能不答應嗎？」我又哭又笑，看著眼前的他。

「對，只能答應。」他溫柔地笑著。

「其實，直到最近……我才發現原來自己對你愈來愈在意，也因為這樣才發現，原來我對你……」

于凱森的嘴角微微揚起，然後往前摟住我，「傻瓜，又哭又笑的。」

「我想說完心裡的話，真的……謝謝你的告白，其實我對你也……」

他伸出食指抵在他自己的嘴唇上，示意我別再說，「告白這種事，我來就好了。」

「于凱森……」

「我喜歡妳，非常喜歡。」他溫柔地撥開我亂了的劉海，用好溫柔的眼神看著我的眼神，「請妳當我的女朋友。」

我咬著下唇，一樣不可置信地看著他，在這個當下，我突然開始疑惑這一切是不是一場夢。

「上個星期，在豆漿店時提到的關於諧星的話，其實當時，我想講的是……妳是我相處起來最舒服自在的女孩。」

「那你幹嘛消遣我，說我是諧星……」

「當時，差一點就向妳告白了。」

「那時候？」我擦擦眼淚，想起當天的自己還因為「諧星」這兩個字不開心。

「但我覺得我應該忍下來，這樣才能用現在這樣的方式告訴妳，我很喜歡妳。」他溫柔地撫摸了我的臉頰，「因為善良有趣的路子耘，一定要在最浪漫的時候答應當我的女朋友。」

「謝謝你……」說著，原本止住的眼淚又掉了下來。

「傻瓜，真愛哭……但以後我不會再輕易讓妳哭了。」

「但……」

「嗯？」

「為什麼你會喜歡我？」

「我喜歡妳直率又善良的個性，喜歡看妳微笑的樣子，喜歡妳的全部。」他邊說，邊撫著我的髮。

「這不是夢吧？」我抬起頭，認真的看著他。

「當然不是。」他將手輕輕地放在我的頸間，然後低下頭，吻住了我的唇。

而在他的唇輕輕地碰上我的唇的那一刻，我才弄懂了之前和他相處時，那種難以言喻的情緒，也才明白為什麼會因為他而心跳加快。

原來，這樣的感覺，就是喜歡。

原來，那撲通撲通的心跳，就是喜歡的證據。

＊

「哇，先謝謝你請客了。」坐在我身旁的蕙儀，一坐下就先謝謝于凱森。

「別客氣，我爸是這家店的ＶＩＰ，有打折的。」于凱森聳聳肩，「所以大家盡量點，這裡的牛排不錯。」

「阿凱，謝謝你。」宇浩學長笑著，「下次換我請客。」

「下次換你？一言為定。」

蕙儀喝了一口透明杯子裝著的檸檬水，然後將杯子放回桌上，「王宇浩，人家于凱森是因為子耘接受他的告白才請客的，你請客是因為失戀嗎？」

「失戀，什麼失戀？」我也喝了一口檸檬水的水，因為蕙儀的話而感到疑惑，然後看著宇浩學長。

「就是失戀啊。」蕙儀很故意地揚起眉，還聳聳肩。

「學長失戀？」我看著坐在蕙儀對面的宇浩學長，「所以學長告白失利嗎？可是學長明明就是女生們心目中的超級天菜，哪一個女生會打槍學長？」

蕙儀噗哧地笑出來，就連坐在我對面的于凱森也笑著。我看了學長一眼，突然覺得好像只有自己不懂他們所說的是什麼，於是納悶的我又問：「我說錯什麼了？」

「王宇浩，看你要不要自己說。」蕙儀挑眉。

「妳也太遲鈍了。」于凱森拍拍我的頭，「阿浩，看你吧，我不介意。」

宇浩學長像在思考什麼，然後才開口，「原本怕影響了什麼，決定不說的，但是既然阿凱不介意，我想……就算注定沒有結果，我也想傳達我的心意。」

我歪著頭，覺得自己快滿滿的疑惑包圍，「我愈來愈不懂你們在說什麼了……」

「妳想聽嗎？」這句話是于凱森問的。

「好啊。」

「王宇浩，講吧。」原本低頭看著菜單的蕙儀，突然抬起頭看宇浩學長。

「嗯……」學長想了想。

「學長好愛賣關子。」

于凱森點點頭，「太愛賣關子了，不然我幫你講，就是……」

「我自己說！」宇浩學長伸手阻止了于凱森，看著我，「其實那天在系辦，我想說的話……就是要向妳告白。」

「告白？」我瞪大了眼睛，突然想起那天蕙儀和宇浩學長也說了我聽不懂的話，原來那天的蕙儀原本就是故意製造機會，讓宇浩學長跟我告白的……

原來如此，我恍然大悟。

「是的，認真的程度絕對不輸給于凱森。」宇浩學長苦笑了一下，很認真地說。

「王宇浩，這是趁機詆毀嗎？」

宇浩學長抿抿嘴，睨了一眼拋出問句的于凱森，「只是警告你，不專心經營這段感情的話，隨時要小心而已。」

「你放心，我絕對會很認真經營這段感情的。」

宇浩學長點點頭，然後看著我，「子耘，雖然還沒告白就失去了告白的機會，但是我要告訴妳，其實我一直都很喜歡妳。」

我瞇起眼，「可是，從什麼時候開始……」

「記不記得有一次，妳陪蕙儀來找我，體育館旁有一隻小小的貓咪，當時妳問我牠是不是肚子餓，我說是。那天打完球之後，竟然看到妳買了一瓶牛奶，將牛奶放在手心餵那隻小小貓喝。」

「好久之前的事情了。」我有點驚訝，要不是學長提起，我其實已經忘記了。

「從那時候開始，我其實就對妳滿有好感的。」學長苦笑了一下，「直到後來，弄傷妳額頭的那次，我才發現原來自己真的滿喜歡妳的。」

學長這樣當面講，害我有些難為情。我假裝拿起檸檬水的杯子喝了一口，「對不起……」

「感情這種事情，不用對不起的，」宇浩學長笑了笑，「不過如果于凱森這傢伙讓妳不開心的話，就給我機會。」

「當著人家男朋友的面講這些，是不是太過分了點？」于凱森故意拉了學長的領子，一副不高興的模樣。

「好好好，我不想看爭風吃醋加閃光的戲碼，我要請服務生來點餐囉。」蕙儀講完電話，終於發了聲。

「等等，點餐之前，我還有一個疑問。」

「嗯？」他們三個人，幾乎同時把目光移到我臉上。

「你們之間的誤會，是怎麼講清楚的？」

宇浩學長看著于凱森，「你說吧！」

于凱森點點頭，「我說過，妳想要我做的事情我一定會做到，那天聽妳說阿浩因為答應一個女生才不願意講出真相，讓我想到以前的好朋友，好不容易聯絡到她，而且畢業後就出國的她最近正巧回國，所以約了她出來……」

「嗯。」我點點頭。

「我們三個人在那間冰店聊了很久，最後，她把真正的原因說了出來……」

「所以是為什麼？」蕙儀的表情裡有著滿滿的好奇，「以前你們幾個的感情明明就很好。」

「因為當時那女孩和我交往才兩個星期就分手了，」宇浩學長停頓了一下，「分手是她提的，原因是她發現自己喜歡的人是阿凱，但阿凱似乎沒有談戀愛的打算，她不想因為這樣破壞了我們之間的平衡，所以我跟她說好，不管是誰問起我們分手的理由，我們一致說是我移情別戀就好。」

「原來只是個簡單的誤會。」蕙儀嘆了一口氣。

「這件事情說開了我才知道，原來當時的阿凱也是喜歡她的，但因為阿凱知道我一直很喜歡她，而她最後也選擇了我，所以才沒有向她表示他的心意。」學長苦笑了一下，「阿凱就是氣我竟然移情別戀，害得我們幾個的感情無法再像從前一樣。」

聽了宇浩學長的理由，突然有一種複雜的情緒湧上心頭，沒想到因為這個誤會，讓他們三個人的友情斷了線，也沒想到因為宇浩學長和那女孩的約定，讓原本可能會在一起的于凱森跟那女孩斷了線。

所以，如果當時那女孩沒有堅持要學長幫她保密，而學長直接告訴于凱森這整件事情的來龍去脈，那麼于凱森和那女孩，是不是就有可能交往，而我這麼喜歡的于凱森，也許就不會給我一個這麼浪漫又這麼難忘的告白了呢？如果真是這樣，于凱森就不會出現在這裡，也不會有此刻的聚餐了……

「怎麼了？」于凱森看著我，關心地問。

「沒什麼，我只是在想……」

「嗯？」

「如果當初說清楚了，現在的我們……是不是就不會在一起了……」

「傻瓜！」于凱森溫柔地笑著，然後很溫柔地拍拍我的額頭，「我很相信緣分的，尤其是能夠牽著妳的手一起逛街、一起看電影、一起吃飯的緣分。」

「于凱森，謝謝你……」看著眼前的他，我感到暖暖的幸福，「我真的……」

蕙儀咳了咳，打斷了我還沒說完的話，「別在我們面前放閃，我肚子餓了，真的要叫服務生過來囉。」

「好，快叫吧。」

「快點餐吧，不然我們小公主又要發飆了。」

學長的話，讓我們四個人都笑了。就在這個時候，看著我的好朋友們以及我好喜歡的于凱森，覺得這樣的自己真的好幸福。

【全文完】

最美

再一個甜甜的故事，一樣希望大家跟 Micat 一樣，一起進入到這個故事裡。

寫作的初衷從沒有改變，因為希望每一個故事，都希望帶給大家一些不一樣的感動，期待大家在故事裡認真地去感受曾經歷過或是不曾經歷過的片段，然後化為生活中最美好的享受。

寫這後記時的Micat，其實很想讓此刻正在看這篇後記的大家，輕輕地幫這篇後記補上一些什麼，讓此成為我們之間共同完成的一篇後記。

同樣的，下個故事，一起期待！

Micat

國家圖書館出版品預行編目資料

幸福的預感 / Micat著. -- 初版. -- 臺北市；商周，城邦文化出版；家庭傳媒城邦分公司發行, 民105.08
面　；　公分. --（網路小說；261）

ISBN 978-986-477-079-3（平裝）

857.7　　105013627

幸福的預感

作　　者／Micat
企畫選書人／陳思帆
責任編輯／陳思帆

版　　權／翁靜如
行銷業務／李衍逸、黃崇華
總 編 輯／楊如玉
總 經 理／彭之琬
發 行 人／何飛鵬
法律顧問／台英國際商務法律事務所　羅明通律師
出　　版／商周出版
台北市中山區民生東路二段 141 號 9 樓
電話：(02) 2500-7008　傳眞：(02) 25007759
Blog：http://bwp25007008.pixnet.net/blog
Email：bwp.service@cite.com.tw
發　　行／英屬蓋曼群島商家庭傳媒股份有限公司城邦分公司
聯絡地址：台北市中山區民生東路二段 141 號 11 樓
書虫客服服務專線：(02) 25007718・(02) 25007719
24小時傳眞服務：(02) 25001990・(02) 25001991
服務時間：週一至週五09:30-12:00・13:30-17:00
郵撥帳號：19863813　戶名：書虫股份有限公司
讀者服務信箱 Email：service@readingclub.com.tw
城邦讀書花園網址：www.cite.com.tw
香港發行所／城邦（香港）出版集團有限公司
地址：香港灣仔駱克道 193 號東超商業中心 1 樓
Email：hkcite@biznetvigator.com
電話：(852)25086231　傳眞：(852) 25789337
馬新發行所／城邦（馬新）出版集團【Cité(M)Sdn. Bhd.】
41, Jalan Radin Anum, Bandar Baru Sri Petaling,
57000 Kuala Lumpur, Malaysia.
電話：(603) 90578822　傳眞：(603) 90576622

封面設計／黃聖文
版型設計／鍾瑩芳
排　　版／游淑萍
印　　刷／高典印刷有限公司
總 經 銷／聯合發行股份有限公司
地址：新北市231新店區寶橋路235巷6弄6號2樓
電話：(02) 2917-8022　傳眞：(02) 2917-0053

■ 2016 年（民 105）8月4日初版　Printed in Taiwan

定價／200元

ISBN　978-986-477-079-3

城邦讀書花園
www.cite.com.tw

商周出版

廣告回函
北區郵政管理登記證
台北廣字第000791號
郵資已付，免貼郵票

104台北市民生東路二段 141 號 2 樓

英屬蓋曼群島商家庭傳媒股份有限公司　城邦分公司

請沿虛線對摺，謝謝！

商周出版

書號：BX4261	書名：幸福的預感	編碼：

請於此處用膠水黏貼

商周出版

讀者回函卡

謝謝您購買我們出版的書籍！請費心填寫此回函卡，我們將不定期寄上城邦集團最新的出版訊息。

姓名：＿＿＿＿＿＿＿＿＿＿＿＿＿＿＿＿ 性別：□男 □女

生日：西元＿＿＿＿＿＿年＿＿＿＿＿＿月＿＿＿＿＿＿日

地址：＿＿＿＿＿＿＿＿＿＿＿＿＿＿＿＿＿＿＿＿＿＿

聯絡電話：＿＿＿＿＿＿＿＿＿＿ 傳真：＿＿＿＿＿＿＿＿＿＿

E-mail：＿＿＿＿＿＿＿＿＿＿＿＿＿＿＿＿＿＿＿＿＿＿

學歷：□1.小學 □2.國中 □3.高中 □4.大專 □5.研究所以上

職業：□1.學生 □2.軍公教 □3.服務 □4.金融 □5.製造 □6.資訊

□7.傳播 □8.自由業 □9.農漁牧 □10.家管 □11.退休

□12.其他＿＿＿＿＿＿＿＿＿＿＿＿＿＿＿＿

您從何種方式得知本書消息？

□1.書店 □2.網路 □3.報紙 □4.雜誌 □5.廣播 □6.電視

□7.親友推薦 □8.其他＿＿＿＿＿＿＿＿＿＿＿＿

您通常以何種方式購書？

□1.書店 □2.網路 □3.傳真訂購 □4.郵局劃撥 □5.其他＿＿＿＿

您喜歡閱讀哪些類別的書籍？

□1.財經商業 □2.自然科學 □3.歷史 □4.法律 □5.文學

□6.休閒旅遊 □7.小說 □8.人物傳記 □9.生活、勵志 □10.其他

對我們的建議：＿＿＿＿＿＿＿＿＿＿＿＿＿＿＿＿＿＿＿＿＿＿

＿＿＿＿＿＿＿＿＿＿＿＿＿＿＿＿＿＿＿＿＿＿

＿＿＿＿＿＿＿＿＿＿＿＿＿＿＿＿＿＿＿＿＿＿

＿＿＿＿＿＿＿＿＿＿＿＿＿＿＿＿＿＿＿＿＿＿

＿＿＿＿＿＿＿＿＿＿＿＿＿＿＿＿＿＿＿＿＿＿

【為提供訂購、行銷、客戶管理或其他合於營業登記項目或章程所定業務之目的，城邦出版人集團（即英屬蓋曼群島商家庭傳媒（股）公司城邦分公司、城邦文化事業（股）公司），於本集團之營運期間及地區內，將以電郵、傳真、電話、簡訊、郵寄或其他公告方式利用您提供之資料（資料類別：C001、C002、C003、C011等）。利用對象除本集團外，亦可能包括相關服務的協力機構。如您有依個資法第三條或其他需服務之處，得致電本公司客服中心電話(02)25007718請求協助。相關資料如為非必要項目，不提供亦不影響您的權益。

1. C001辨識個人者：如消費者之姓名、地址、電話、電子郵件等資訊。
2. C002辨識財務者：如信用卡或轉帳帳戶資訊。
3. C003政府資料中之辨識者：如身分證字號或護照號碼（外國人）。
4. C011個人描述：如性別、國籍、出生年月日。

請於此處用膠水黏貼